给你的成长
加点快乐

主编：崔钟雷

吉林出版集团 **JM**吉林美术出版社 | 全国百佳图书出版单位

前言

　　漫步在久逝的记忆长廊中,踟蹰间,年幼的懵懂、青春的舞动、未来的憧憬,如一缕清风拂面而过,似一丝细雨滋润心田。生活中,花香、雨露令我们沉醉,彷徨、追求令我们回味不已。时而无奈,时而烦恼,时而追问:

　　为什么有人成功、有人失败?

　　为什么有人一生幸运相伴、有的人逆境重重?

　　为什么有人一生快乐自在、有的人烦恼不断?

　　……

　　生活的季节五彩斑斓、生活的味道酸甜苦辣、生活中的感动无处不在、生活中的故事数不胜数。书里描绘着生活中的风风雨雨,记载着大地上的春华秋实,沐浴在书的阳光下、品味书中的哲理、汲取书中的精华,徜徉其中,其乐无穷!

　　杰出的近代诗人臧克家说:"读过一本好书,像交了一个益友。"为了让孩子们结交更多的益友,我们精心选编了这套《小学生成长加油站》。书中细心甄选了一系列有关智慧、自信、快乐、坚毅的故事,我们又在原故事的基础上以小道理的形式对故事加以多角度、多层面的阐释,使故事得到最大程度的升华。故事中,在那些平凡人的身上也埋藏着理想的种子,他们用自己的奋斗和汗水浇灌着种子,让它发芽、开花、结果。而我们也同样胸怀着灿烂的梦想,只要我们为之努力拼搏,也一样会收获属于自己的梦想之花。

　　希望小朋友们能从他人的经历中淬炼经验,从他人的感悟中体味生活,在读的过程中有所精进,在悟的过程中有所收获。

Contents
目录

Contents
目录

要生活得写意

Contents
目录

Contents
目录

我要笑遍世界

Contents
目录

Contents
目录

只有聪明的伊莎贝尔

麋鹿

叶轻痕

有一只麋鹿感到十分痛苦，因为它的角似鹿但又不是鹿，头似马但又不是马，身似驴但又不是驴，蹄似牛但又不是牛，所以大家都叫它"四不像"。这只麋鹿在森林里处处遭到其他动物的嘲笑，它痛苦地想："要是我完全长得像鹿，或者像马，或者像驴，

或者像牛，那么这些动物都不会嘲笑我，为什么老天偏偏把我长成了这副模样啊？"

它想到了死，它平静地等来了一只老虎。当老虎快接近它时，麋鹿看到了一个比它更不伦不类的动物——一条龙，老虎看到龙从天而降，吓跑了。

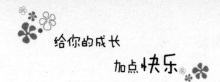
龙问麋鹿:"为什么遇到老虎不逃命呢?"

麋鹿说:"因为我长得四不像,大家都嘲笑我,所以我想死。"

龙说:"我不是比你长得更四不像吗?我角像鹿,脸像马,身子像蛇,鳞片像鱼,脚像鹰,但其他动物没有谁瞧不起我啊,人类还把我当图腾来崇拜呢!"

麋鹿说:"那是因为你是龙啊!"

龙说:"对啊,我是龙,我为什么一定要像别人呢?"

麋鹿恍然大悟,从此不再自卑,而是开心地生活着,并在保护森林资源中发挥出自己的作用,受到了动物们的称赞。

智慧博客

　　麋鹿和龙同样都是"四不像",但是却有着截然相反的生活态度,这取决于它们对于自己的定位。龙对自己的认识很清楚,不自卑也不盲目崇拜,在自己的位置上认真地做自己的事业。我们要像故事里的龙一样,不要盲目钦羡别人,只要活出自己就好。

百科探秘

　　盐的制作与使用起源于中国,盐是日常生活中不可缺少的食品,中国有句古话:"开门七件事,柴米油盐酱醋茶。"

为了灵魂的丰润

柳丙先

一直很喜欢这个童话故事。

深秋的田野上,有三只小田鼠正在为过冬作准备。

第一只小田鼠在准备吃的,它正把稻穗啊谷粒啊,往洞里搬。

第二只小田鼠在准备用的,它正把一些稻草啊棉絮啊,往洞里拖。

第三只小田鼠呢,它在田埂上游荡,一会儿看看蓝天,一会儿看看白云,一会儿看看田野上的人们。

转眼冬天就到了,三只小田鼠挤到一个狭窄的洞里。吃的东西有了,御寒的东西也齐备了,小田鼠们突然无所事事,很无聊。

这时候,第三只小田鼠给前

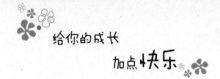

面两只小田鼠讲故事:讲它在某一个早晨曾听到一种鸟儿的歌声;讲它在某一个中午曾听到孩子们的欢笑;讲它在某一个黄昏曾听到老人们的对话。

两只小田鼠听得津津有味,因为这些故事,它们那个冬天过得特别充实,特别温暖。这时候,两只小田鼠才明白,它们为这个冬天带来了物质上的舒适,而第三只小田鼠却为这个冬天带来了精神上的快乐。

原来,有一种追求只为灵魂的丰润!

智慧博客

"有一种追求只为灵魂的丰润",物质上的丰富只能保证我们活着,而精神上的丰富却能够带给我们真正的快乐。人生一世,草木一秋。人类与其他生物最本质的区别,就是人类有丰富的精神生活。如果我们活着,可精神上却像一片贫瘠的沙漠,那么我们与草木又有什么分别呢。

百科探秘

专家建议在水烧开后,把壶盖打开继续烧三分钟左右,让水中的酸性及有害物质随蒸汽蒸发掉。而且不要喝隔夜的开水。

幽默风趣冯骥才

元 宝

睿智的回答

冯骥才出访法国，在一次出席法国人欢迎他的宴会上，许多西方记者蜂拥而至，接二连三地向他提问。其中一个记者问："尊敬的冯先生，贵国改革开放，学习西方资本主义国家的东西，你们不担心变成资本主义吗？"冯骥才幽默地答道："不！人吃了猪肉不会变成猪，吃了牛肉不会变成牛。"冯骥才的回答顿时博得了众人的喝彩和掌声。

幽默的介绍

作家杨亮才曾撰文，说 1988 年在中

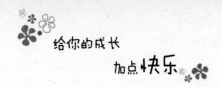
国文联五届一次全委会上,冯骥才和作家张贤亮坐在一起,杨亮才过去和他们打招呼,还没有开口,冯骥才就说:"我认识你,你叫杨亮才。"又主动把他介绍给张贤亮,说:"他叫杨亮才,张贤亮的亮,冯骥才的才。"一句话把三个人都介绍了,给大家留下了深刻的印象。

家 传

冯骥才的"津味儿"小说《市井人物》发表后,一位日本作家问他:"你写这类小说,是不是受冯梦龙的影响?"冯骥才以他惯用的调侃方式风趣地回答:"然也!我与他皆姓冯,我们这是'家传'。"这是讲笑话,也是实在话。冯骥才在回答日本作家时说,受冯梦龙的影响有三个方面,一是传奇,二是杂学,三是语言。

忘掉这个人的长相

在《艺术人生》节目中,当朱军诙谐地问冯骥才,六十多岁的年龄如何保持精力工作时,他幽默地回答道:"我跟谢晋导演学了一招分配时间小秘诀,就是下班后睡觉,大约休息一个小时后,保证你精饱力足。"节目的最后,朱军请他发挥自己的特长,给现场的观众画一幅自画像,冯骥才寥寥数笔,一个饱满而夸张的面部肖像跃然纸上,并挥笔泼墨,自嘲张狂留言:"忘掉这个人的长相,记住他做的事。"深刻而催人自省。

妙语评奥运

北京奥运会结束后,某报记者采访冯骥才,让他说说自己眼中独特的奥运会。

记者问:"您以什么样的心情观看奥运比赛,如何控制您手中的遥控器,选择自己爱看的比赛项目?"

他答:"我用快乐的吃大餐的心情来看奥运会;我用吃自助餐的方式,来控制手中的遥控器——想'吃'什么选择什么。"

记者问:"您认为本届奥运会最不值得同情的输家是谁?"

他答:"我说过,对参赛国来说,本届奥运会没有输家。具体到某一支球队,最不值得同情的输家是谁,大家还是心照不宣的好,况且这支球队在赛程没过半时就悄无声息地蒸发了。"

记者说:"听得出您对这届奥运会非常满意和自豪,那么就用一句赞美的话做结束语吧。"

他答:"如果说梦想比现实美丽,那么这届奥运会是比梦想更美丽的现实。"

智慧博客

幽默与风趣已成为了冯骥才的一种语言特点。他用文字使人们思索,用言行使人们快乐。"忘掉这个人的长相,记住他做的事",这是他对自己生命的诠释。朋友,就让我们像他说的那样,记住他做的事,并感染着他的幽默与快乐。

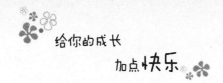

错漏成趣

李盛山

　　书画家题字，不免有错漏，乃以字补之，谓之"补字"，经过妙补趣填，或巧言雄辩，或幽默评批，反而产生妙趣多多、意味无穷的效果。

　　传说清代有位书法家给慈禧太后题扇，写的是唐人王之涣的《凉州词》，由于心情紧张，竟漏写了一个"间"字。慈禧太后大怒，说该书法家欺她没学问，定要将其斩首。

　　书法家急中生智，急忙解释道："此处并非遗漏，而是填写的一阕小曲。"并当即诵道："黄河远上，白云一片，孤城万仞山，羌笛何须怨？杨柳春风，不度玉门关。"慈禧听了以后，无言以对，只好赐酒压惊。

　　明朝文人沈石田收到朋友送来的一盒礼物和一封信。信中说："送此琵琶，请笑纳。"沈石田打开礼盒一看，见朋友送的是水果枇杷而并非乐器，就善意地回信批评朋友的粗心："承惠琵琶，开奁视之，听之无声，食之无味。"朋友收到回信，十分惭愧，于是就作诗自责："枇杷不是此琵琶，怨恨当年识字差。若是琵琶能结果，满城箫管尽开花。"

　　著名书法家费新我当众书写孟浩然的《过故人庄》。当写到"开轩面场圃，把酒话桑麻"时漏掉了一个"话"字。旁观者正在为他惋惜，费老却不慌不忙地在落款处补了"酒后失话"四字。观者无不抚掌称妙。这一语双关，实在高明。

某老年书画展，有一幅书写的是毛主席七绝《为女民兵题照》。其中"曙光初照演兵场"一句漏去了"兵"字，但书者巧妙地在后边注上了"场上逃兵"四个字，与费老的补漏有异曲同工之妙。

诗人孔孚文风严谨。他的一首诗《峨眉·古德林漫步》在台湾的《创世纪》刊出，接到样纸，孔孚不禁既惊且喜，原来最后一句"字间杂有鸟语"，竟改成"字间染有鸟语"了。于是连连赞曰："改得好，改得好，胜我多多矣。一个'染'字，既可听鸟语，也染得绿色满纸了。"后经询问改"染"字者为谁，原来是排版错误。孔孚知情大笑："天下奇事多有，竟有错字错得较我原字更妙者！然错字为我增色，亦我师也！"

智慧博客

　　书画界的"错漏"并不少，然书者却能于"错"中取"趣"，这无遗展现了文人博大的精神境界。人生也同这书画一样，不免有同"错漏"一样的挫折与磨难。关键是我们要怎么去处理，以怎样的心态去面对。把这些磨难视为挑战，最终战胜它们，取得意想不到的成功，也是人生的"错漏成趣"了。

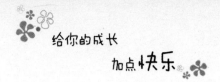

水流云在的花香

朴 素

一丛丛的修竹在野地里迎风而立，萧萧竹影给这个贫瘠的世界平添了一份律动。

不知不觉中，杏子林中的隐晦与迷惘渐渐透散出来，山中雾气正浓。

溪边的流水泛着游鱼的悠闲，一路唱着情歌向山下跑去，砍柴樵夫的身影在密密的丛林中一闪而过。山中古松千余，翠盖入云，静得有些阴森。偶尔有一两声鸟鸣，更显幽寂，但明显有了鲜活的气息。

山下是一片开得正艳的荷花。野荷的芳香在山间弥漫，仿佛仙乐一般，动人心魄。山间的空气极清新，各种花草树木的气味随意地游走，它们自由而快乐。高大的木百合在野荷香气的笼罩里孤芳自赏着，一派遗世而立的清高。人世无情，花木有心。

笑语盈盈暗香去。天上的星星悄然睁开了眼睛。花在夜间开得更艳，像是与星星有个约定。夜凉如水，风从山间吹来，花香袭人。空气中有一种极度的虚幻之美，渐渐弥漫，渐渐笼罩夜色无边的大地。夜间的风更迷人，萧萧而过，令人心念动转。

风是已逝人生的声音。人不知风打哪里来又向哪里去，却闻此声而叹惋，闻此声而知人世之艰难。古人云：夏秋夕昏寒凉气，皆自飒飒风里来。

古寺。迎门有梅树三两株，花如飞雪。寺内无人，寂静，轻絮不起。

山间的水声在寺里惊起灰尘，淡若清梦一般。寺外的山径上长着一簇簇的菖蒲，紫花绿叶，浓淡有致。

菖蒲的四周点缀着些微小的白花，从远处看，仿佛东瀛的插花。走在山路上，心无记挂，无处不可停留，尘世里的忧愁暂且忘却。林间洁净清新，山峦守口如瓶，没有人肯告诉我那即将来临的盛放与凋零。

记忆总是悄然地从心灵的深处掠过，如电光石火，让我们中止日常生活的柴米油盐，感受到水流云在的花香。那里不仅仅只是美丽与哀愁，更有不被人深知的残酷与冷漠。

花落的声音在想象中轻盈自在，一朵一朵落在心灵的虚幻之所。有月亮的晚上，少年人为心上人守夜。

山间无雪。偶有寒风吹彻，花木萧森。唯有紫藤绿意盎然——紫藤像梦一样已缠绕我多年。记住这个名字是在1992年，在苏童的小

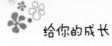
说《妻妾成群》中读到这样的句子：
"后花园的墙角那里有一架紫藤，
从夏天到秋天，紫藤花一直沉沉
地开着。"

主人公颂莲从她的窗子看见
那些紫色的絮状花朵在秋风中摇
曳，一天天清淡了。"紫藤叶带着
浓郁的清香味让我忆起少年时代
如烟的往事。"

石头道人说过："西湖之胜，湖
水可以当药，青山可以健脾，逍遥
林莽，倚枕岩壑，便不知省却多少
参苓丸子矣。"山林野游，果然令人为之一快也，当药健脾之说，可信
也。古人诚不欺我。

山中的古寺静穆依然，与周围的空间浑然一体，成了浑厚、悠久、
古远的一种补充，那就是清约宁静、冲淡平和。

山间有一处空地，空地上生长着一些不知名的闲花野草。花枝嫣
然，树影凌乱，无雨有露，空翠湿衣。一个人静坐下来，心境变得平和。
远处的溪涧声隐隐可闻，而野杜鹃花、山茶、鸢尾，丛发葳蕤，仿佛静
静燃烧的冷火。多年以后，这些和谐的声音、斑斓苍郁的色彩从记忆
中涌出，衍变为精神的宝藏和支柱，填补了多少物质的空白和遗憾。

春是良夜里在恋人窗下所奏的情歌，秋却是残夜里凄迷如梦的
哀调。秋天带着落叶的声音来了，山间的秋味比城市里更浓。美国诗

人狄金森说过："在诗人歌咏的秋天之外,有几个清淡的日子。那时间略在落雪之前,而晚于起雾之时。"

异域人说得不错,我在山间也有这样的清淡日子,可以领略秋天的况味,体验秋之神秘、秋之丰满、秋之艳丽。

山中读书又是一番风味,最初我读着晚唐五代时期的那些精致的冶艳的诗词,蛊惑于那种憔悴的红颜上的妩媚,又在几位班纳斯派以后的法兰西诗人的篇章中找到了一种同样的迷醉。山中毕竟不是天上的虚幻之所,夜色更为漆黑——山中的冬天快要来了吧。

智慧博客

听潮起潮落,观花开花谢。我们的一生能有多少时间来品味这种清幽宁静、冲淡平和的意境呢。比起城市的车水马龙、灯红酒绿,山中岁月的清淡平和,想必更适合我们休养生息。朋友,给你的心灵放个假吧,到山中、到古寺、到一切自然之景中,去找寻我们曾经迷失了的那份淡泊与平和。

百科探秘

石油在海洋表面形成面积广大的油膜,阻止空气中的氧气向海水中溶解,同时石油的分解也消耗水中的溶解氧,造成海水缺氧。

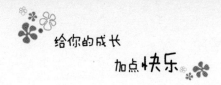
海之美

[法]勒米·德·古尔蒙

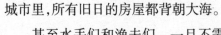

若问 19 世纪最独特的创造是什么，也许该回答：是大海。

这绿和蓝的水，其波浪是微笑或愤怒，这金黄的沙的平原，这灰或黄的峭壁，这一切百年之前就存在，然而没有人看一眼。在一片令今日的感觉欣喜直至陶醉的景象面前，昨日的感觉是冰冷的，是厌烦的，甚至是恐惧的。人们远非追寻海景，而是当做一种危险或丑陋避之唯恐不及。在法国的海岸上，所有旧日的村庄都距海甚远；在海滨城市里，所有旧日的房屋都背朝大海。

甚至水手们和渔夫们，一旦不需要大海，也远远地离开它。至于陆地上的人，他们是怀着恐惧接近大海的。直到 1850 年，圣米谢尔山还被认为差不多只能用于关押囚犯：人们只把恐其逃逸的人送去。

从什么时候开始，海景被人们当做一种动人的、美丽的东西而喜爱、而感觉? 这很难说得准确。对大海的兴趣高涨于第二帝国治下,因为有了铁路。不过,诗人们远在这个时期之前就已咏唱大海了。总之,是拜伦和夏多布里昂创造了欧洲的海滩并把人送去。在圣马洛,格朗贝岛的绝壁上有夏多布里昂的坟墓,确是象征着我们的感觉的这种演变,他理应长眠于此,没有他,法兰西的海岸也许至今还只有渔夫和鸟、雀光顾。

18世纪,大海还绝对无人知其为愉悦的源泉,不过,人们已然到处旅行了。我不知道是这个时期的哪位作家迁怒于大海的起伏,他说,荒谬绝伦的海潮使船舶不能随意停靠,还给沿海岸造成了大片不出产的土地。人们至多容得地中海,因为它与其说是个海,更多的是个湖;人们喜欢它的平静,它呈现给无所担心的目光的那种始终千篇一律的景象。

谁是第一个敢于在海滨度夏、在靠近海浪的地方修建别墅的英国人或法国人? 因为一切时髦的事情总有个开始,此种时髦亦然。是一位诗人还是一位学者,一位大贵人还是一位普通的食利者? 他如果还够不上立像的话,至少也够得上在路角挂一块牌子。不管他作何种职业,他肯定有一颗独特的灵魂,一种大胆的精神。也许有一天,有人会写他的历史,也许诗人还会咏唱他,就像贺拉斯咏唱第一位航海者一样。

人们的确很难理解海之美何以如此长久地不为人知。然而反过来说,也许更难理解的是我们的感觉何以变得如此之快,今日之人何以在往日他们觉得荒诞或讨厌的景物中发现了这样多的快乐。真得承认,人类的感觉是听命于时髦的。它是按照人给它的曲调颤动的。

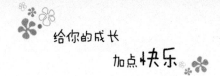
不过,一种曲调如果老了的话,它也并不完全地长眠不醒。感觉实现了一种不可能完全过时的征服;它并吞了一个新的省份,并将永远地占有其大部领土。对海景的兴趣有可能不再大增,甚至还有可能略微下降,但绝不会消失。它已进入我们的血肉,像音乐或文学一样,成为我们的美感需求的一部分。无疑,它并非放之四海而皆准。许多人可以不去看海,然而一旦爱上它,将会终生不渝。

然而,当大海是不为人知的时候,当大海是孤独寂寞的时候,它仍然应该是美的!现在,它有太多的情人;它是个过于受崇拜的公主,宫里献媚的人太多了。只是很少几个男人,不多几个女人,才使风景生色。大自然跟一群群发呆的人合不来,他们到海边去就像到市场去一样。人是可以沉思默想的,应该沉思默想,就像一个信徒在教堂里,忘了左右而跟天主说话。

天主不是什么人都回答的,大海也是。

智慧博客

海之美是原来就有的,在我们还恐惧它时,它已经如此美丽了,而当我们发现了它的美时,它还是一样的独自美丽着,这些并不是以人类的意志为转移的。我们可以接近它、崇拜它,却不应该打扰它的美。对于大海,人类更应该怀着沉思默想的态度去尊重它。

马为什么用"匹"
来做计量单位

许　晖

"马匹"就是马的总称,地球人都知道,但是为什么用"匹"来作为马的计量单位? 相信大多数人都经不起这一问。

据《韩诗外传》记载,孔子向自己的学生颜回作过详细的解释。

有一次,孔子和颜回一起出游,登上鲁国境内的泰山后,师生二人向东南方向眺望。古时候可没有今天的空气污染,空气的透明度非常好,极目千里,孔子问颜回有没有看到苏州的阊门。阊门是苏州古城的西门。

颜回远眺了一会儿,回答道:"看到了看到了! "

孔子又问道:"门外有什么东西? "

颜回回答道:"门外有一匹练, 前面有一束生蓝。"练是洁白

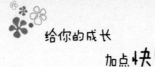
的熟绢,生蓝是草料。

孔子听了哈哈大笑道:"那不是一匹练,那是一匹白马在吃草呢!"

孔子又问道:"你知道为什么用匹来计量马吗?"颜回自然不知道,于是,孔子解释道:"在阳光下,马的影子有一匹那么长,也就是长达四丈,故此称马为马匹。"

解释完之后,孔子用手挡住了颜回的眼睛,不让他再瞪大眼睛远眺。下山后,颜回的头发都白了,牙齿也脱落了,不久就一病而死。原来孔子是圣人,精力强壮,颜回当然比不上老师,勉强眺望那么远,时间长了精力就承担不了,因此才会力竭而亡。

故事有些夸张,不过"马匹"的称呼沿用了下来。

智慧博客

马用"匹"来做计量单位,源于一个有些夸张的故事,但是我们也不得不承认,这个故事自有其道理。而这世界上的许多东西,我们不理解它们的存在方式,但是我们知道它们也都有自己的存在道理。事物发展自有其规律,认识这些规律然后好好地利用才是我们应该做的。

百科探秘

在美国佛罗里达州拉哥礁海海底,有一个名叫"宝瓶座"的海底实验室。它是当今世界仅存并仍在运作的海底研究站。"宝瓶座"被放置在海面下 20 米深处。

青涩

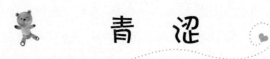

刘建超

1

虹虹爱看小人书。虹虹看小人书入迷的模样好俊。

虹虹不太搭理我们男生,除非他有小人书。我攒着零花钱,买了一本《小李飞刀》,故意在虹虹面前显摆。虹虹来借我的小人书了。我要求虹虹就在学校的小河边看。虹虹听话地点点头。

夕阳映红了清凌凌的河水,波光粼粼,好看得跟虹虹的酒窝一样。同学们放学都要走过这条小河,看到我和虹虹在一起,男同学羡慕得直吐舌头。

天暗了,看不清了。虹虹要带走小人书。我不答应,只同意明天放学还让她在河边看。

晚上,阿飞把我的小人书借走了。第二天放学,我叫虹虹,虹虹说她已经看过了。是阿飞昨晚拿我的小人书去巴结了虹虹。

我揍了阿飞。

阿飞不理我了,虹虹也不理我了。

我发誓：要是再省钱去买小人书，我就是小狗。

2

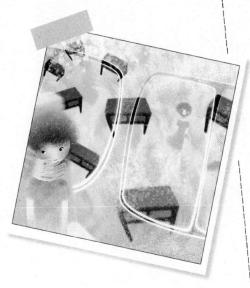

男生滑冰，女生在旁边看。女生中有我妹妹和虹虹。我们当时滑的是冰板。冰板制作很简单，锯两块与脚大小相等的木板，每块木板镶上两根铁丝，再系上绳子绑在鞋子上就行了。

男生滑得显摆，女生看得眼馋。

我妹妹要滑被我给哄走了，我正在给女生加深印象呢。虹虹抬了抬下巴说，让我滑滑。我立即就把冰板从脚上解下来，殷勤地帮助虹虹系上。虹虹小心翼翼地走了几步说，不行，冰板太大了。

回到家里，我量了妹妹的脚丫子，就找来木板用钢锯条截木板。妹妹很兴奋，中午吃饭一个劲往我碗里夹菜。

我在冰上滑着，另一副冰板背在我身后，妹妹急得直嚷嚷。我在等虹虹。

虹虹来了，手里提着一双带着雪亮冰刀

的真正的滑冰鞋。大家呼拉都围了过去。

我把身后背的冰板扔给了妹妹,回家。

晚饭时,妈妈表扬我,知道带妹妹了。我烦死了。

3

学校参加部队的文艺汇演。安排我和丫丫演李玉和跟李铁梅。安排阿飞和虹虹演杨子荣和小常宝。我不愿意,我不演李玉和,我要演杨子荣,我想和虹虹演,让我演座山雕都行。

我找老师提要求,老师不同意。我就开始捣乱,排练故意忘词,唱跑调,还挖苦丫丫。丫丫气哭了,找老师告状。老师很生气,后果很严重——把我给拿下来了。老师果然让阿飞去演李玉和,去和丫丫对唱了。我就等着演杨子荣。

丫丫病了,发烧。老师让虹虹去接替丫丫演李铁梅。丫丫病好了,和我一起演杨子荣和小常宝。老师说,这回你满意了吧,好好排练吧。

我气得去找丫丫吵架。丫丫莫名其妙,问我怎么啦?

怎么了?你瞎病啥呀?

4

虹虹咱巴结不上,拉倒。丫丫可是像我巴结虹虹那样巴结我。举个例子,下雨,她把妈妈送来的伞给我用。再举个例子,丫丫悄悄地往

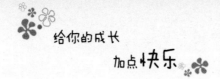

我的座位兜里放苹果。

学校宣传队到农村演节目,来去都是坐着拖拉机。演出结束,天晚风凉。我带着军大衣。丫丫说,哥哥咱俩盖大衣吧,冷。

我把大衣摊开了。

丫丫说,阿飞你也过来吧,人多暖和。三人盖着一个大衣在拖拉机的拖斗里颠簸。不一会儿,都睡着了。

大衣颠簸掉了,我竟然看见,阿飞和丫丫两个人手拉着手。

我不知道怎么了,眼泪就委屈地流下来。

我把大衣紧紧裹在自己身上,我冻死你们俩!

智慧博客

我们每个人的青春里,都会有一场这样"青涩"的爱情。那是一种只属于年轻的单纯的萌动,是一种很纯洁却又很单薄的感觉。也许你的还没有来到,也许你的正要来到,不论怎样,都让我们怀着感恩的心好好去体会吧,这样的时光,像青春一样,错过了就不会再来。

福起腰带

庞启帆　编译

　　一名古鲁（印度教的导师）对自己一个弟了的领悟能力非常满意，觉得没必要把他留在身边进行引导了，他让这个弟子自己去河堤边的一间小屋里修行。

　　弟子遵循师命来到了远离寺庙的小屋。每天早上的沐浴仪式后，他都会把他的腰带拿到屋外去晾干，那是他唯一值点钱的东西。一天，他发现腰带被老鼠咬成了碎片，所以他不得不请求村民施舍另一条腰带给他。当老鼠再次把他的腰带咬破几个洞后，他决定修理一下老鼠，便请求村民施舍他一只猫。他不再为老鼠烦恼了，但他从此不得不请求村民施舍每天给猫喝的牛奶。

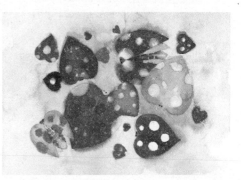

　　"这样太麻烦了！"他想，"再说了，这对村民来说也是一个很大的负担。我应该自己养一头奶牛！"但当他得到一头奶牛后，他

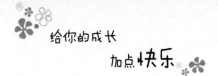
发现必须种植饲料才能养活奶牛，于是他在他的小屋周围种植饲料。然而事实证明麻烦丝毫没有减少，因为每天种饲料，喂养奶牛，再挤牛奶给小猫喝，他几乎没有时间修行了，所以他雇了一个工人来替他料理一切。然而工人会偷懒，所以监督工人又成了一件苦差事。

没办法，他只好娶了妻子，让她来分担他的工作。由于妻子贤惠能干，不久之后他成了村里最富有的人之一。

几年后，他的古鲁来看望他，惊讶地发现原来的那间小屋变成了一栋豪华的楼房。古鲁问他的一个随从："这不是我的弟子居住的地方吗？"

随从茫然地摇摇头。这时，几年未见的弟子出现在他的面前。

"这是怎么回事，我的孩子？"古鲁惊讶地问。

"说起来你也不会相信，老师。"弟子说道，"这一切都始于我没能保管好我的那条腰带。"

智慧博客

最初只是想要保管好一条腰带，最后却成为了最富有的人。如果当初腰带没有被咬破，那么也许也没有今天的富裕。福兮祸之所倚，祸兮福之所依。任何事情都有两面性，它的另一面也许隐藏着惊人的价值。塞翁失马，焉知非福，请认真对待每一件事。

孤独的大号手

颜　歌

应朋友的邀请去听一场交响乐，朋友打来电话说订了第七排的位子，"在那里听效果非常好"。

演奏的是德彪西的作品，对于我这种门外汉来说，这真是雪上加霜的噩耗。位子的确是很好的——音效相当雄壮，周围密密麻麻都是迷醉而虔诚的脸孔。这让我更加如坐针毡，于是，我只好发挥女人八卦的本能，向台上演奏的人一个接一个地看过去。

指挥身材肥硕并且不可思议地轻盈舞动着，小提琴手是黑压压的一片，中间的管乐和他们亲密无间地应和着。我百无聊赖地看过这些人的脸，然后就看到了最后面右边坐着两个看起来和我差不多无聊的人——他们穿着黑色的西装，头发油亮，神色肃穆，双腿间放着一柄金光闪闪的大号。我望着那两个人，他们木偶一样一动不动，眼睛看着前方，双手以标准的姿势握着自己的大号。5分钟过去了，然后是10分钟，15分钟……

半个小时以后，管乐开始恋人般一唱一和，大号手依然如故，甚至连腿间的号都没有抬起来一下。

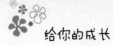

我来了兴致，较劲一样，数着拍子等着他们拿起号来。又过了 15 分钟，我第三十次挪动坐姿，他们两人依然如故。

大提琴拉起来了，大鼓也敲打了起来，还有一些我不知道是什么的打击乐器加入了进来了，音乐变得雄壮起来，像海浪般向观众们扑来。可是，我可怜的大号手依然一动不动。连我都开始为他们感到委屈了，已经整整过了两个小时，两个孤独的大号手坐在角落里，一动不动，他们握着自己的号，像童话里面残废的锡兵。我变得着急起来，紧紧地盯着他们的手，期待着下个小节，或者下下个小节，他们就会抬起手来，抬起大号，加入到这瑰丽的乐章中来。

但一切都没有发生。

我左顾右盼，希望有一个人能告诉我大号手什么时候才能正式登场，或者，至少会有一束炽烈的灯光打在他们脸上，让我看看他们的表情，我绝望地感到这场演奏就要结束了，大号手就要这样离开了。

就在此时，我听到了那震耳欲聋的一声，我惊讶地回过头去，发现两个大号手已经把号握在了手上——刚刚那一声无疑是从他们那儿发出来的。我充满惊喜地看着他们，在漫长的等待之后，终于长长出了一口气。大号手终于吹奏了起来,他们的声音压过了音乐厅里其他一切声音,我感到整个大厅都在颤抖,音乐是那样壮阔地把一切打开了。

全场的人热烈地鼓起掌来——我也鼓起掌来——音乐会结束了。

幕布拉上,我没来得及再看大号手一眼。三个小时的演奏里,他们吹了不到三分钟的时间,然后,离开了。

事后,我跟朋友说到了那两个大号手,朋友说:"他们要做的就是一直数拍子,然后,吹出那嘹亮的一响。那一响可不是随便谁都能吹出来的。"他骄傲地说。

智慧博客

孤独的大号手,三个小时的演奏,只有三分钟是属于他们的。但是这仅有的三分钟里,他们却让人们懂得了什么是惊艳。我们的生活有时也像这大号手一样,漫长的孤独与等待,只为了一瞬间的美丽绽放,但我们并不觉得委屈,因为像文章里说的那样,那一响可不是随便谁都能吹出来的。

百科探秘

我国四川的九寨沟有美丽的五彩池,5个池中的水颜色各异,有黄、绿、红、棕等各种颜色。颜色不同是因为池底岩石颜色不同。这和湖水分层是不一样的。

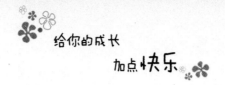
我读书的五个目的

程少堂

今天,我和大家谈谈读书的故事,分享读书的快乐。

小时候,我读书的目的一点都不高尚。我喜欢读书,最原始的动机,是为了不被同学们打。读小学的时候,同学们经常打架,我因为长得瘦小,打架总是打不过别人。后来,我发现了一种现象,那就是,成绩好的同学是老师偏爱的对象,那些爱打架的家伙也怕老师,对成绩好的同学总是敬畏三分,有事没事还来套套近乎。发现这种现象后,为了成为老师心目中的好学生,为了在班上有地位有尊严,为了不被别人按在地上打,我必须读书。读书能带来这样的好处啊,这样慢慢地就喜欢读书了。

我喜欢读书,还有一个不太高尚的原因,这跟我的长相有关。小时候,我又瘦又丑,四肢瘦小而肚子特别大,像个非洲难民。很长时间里,我自惭形秽,性格孤僻。奥地利心理学家阿德勒,写了一部心理学名著《自卑与超越》,认为人类的行为都是出于自卑感以及对自卑的超越。我也就是为了超越这种自卑,喜欢上了读书,废寝忘食地读,在书中我不仅不自卑,而且还快乐得很,自信得很。

　　我喜欢读书的第三个原因更不高尚,但绝对真实,那就是为了吸引女孩子的注意,博得女同学的欢心。在我们情窦初开的年代,我发现,一般说来,女孩子喜欢的男同学,要不就是长得英俊高大,要不就是有文体特长。我什么都没有,我拿什么来吸引女孩子的眼球呢? 我只有靠读书,读书好,成绩好,就容易得到老师的表扬,就容易引起异性的注意。长大后,才知道女性其实并不太在乎男性的外貌,而看重的是男人的人品、才华和实力。幸好自己很小的时候就已经践行了这个真理。

　　我喜欢读书的第四个原因,就是渴望能够吃上一大碗荷包蛋。小时候,我的人生理想之一,就是能够吃上一大碗荷包蛋。这个理想,直到我21岁上大学那天早上才得以实现。我是我们家也是我们村第一个大学生,乡亲们送了不少鸡蛋来祝贺,那一天,我母亲给我煎了一碗荷包蛋, 那个大碗里一次装了12个荷包蛋, 还没有装满,我一口气把它吃完了, 还觉得没吃够, 真是没吃够! 到现在我还和母亲开玩笑,说她舍不得装满那只碗。贫穷是我个人奋斗的强大发动机, 读书能使我摆脱贫穷, 实现人生梦想, 过上比较幸福的有尊严的生活。

　　我喜欢读书的第五个原

因,是一个非常朴素的内心隐秘,也可以说是一个人生理想,那就是我对母亲的感情。我母亲是个地地道道的农村妇女,连自己的名字都不会写。我希望读书成才后回报母亲,给母亲带来快乐。

读书不仅给我快乐,还给了我人生的力量与信心,使我极富成就感。除了读书,我几乎没有什么爱好了。有人喜欢打牌,有人喜欢唱歌,有人喜欢吃喝,我只喜欢读书。现在,我们教研室的教研员几乎都买车了,就我还没有买,我每年都要花大量的钱去买书啊!我,一个农民的儿子,没有任何背景,成了现在这么一个小有成就的知识分子,今天能坐在这里给大家作报告,甚至也可以称为学者了,主要靠读书,书籍给了我们天空一样的胸怀,大地一样的良心,星星一样的智慧,月亮一样的品格。人生犹如登山,因为有书做伴,我们一路攀登,但觉满眼风光,云霞绚烂,不知不觉中,双足凌绝顶,一览众山小!

智慧博客

书籍是人类进步的阶梯,能够给我们的人生带来力量与信心,能够增加我们生命的宽度,让我们拥有海一样博大的胸怀,天空一样高洁的情操。多读书,读好书,成为一个有内涵、有厚度的人。

伏尔泰的幽默

张鸣跃

请来九泉一会

一个读者给伏尔泰写了一封洋洋洒洒的长信,表示仰慕之情。伏尔泰回了信,感谢他的深情厚谊。

从那以后,每隔几天,此人就给伏尔泰写信,但除了仰慕别无他事。伏尔泰回信越来越短,终于有一天,伏尔泰的回信只有一行:"读者阁下,我已经死了。"

不料几天后,回信又到,信封上写着:"谨呈在九泉之下的、伟大的伏尔泰先生。"

伏尔泰回信:"地址有误——我在新居等你,请来九泉一会!"

迟到的好心

伏尔泰的咖啡瘾很大,一生中喝了数量惊人的咖啡。他晚年的时

候,一个有求于他的人劝他说:"别再喝这种饮料了,这是一种慢性毒药,你是在慢性自杀!"

伏尔泰说:"你怎么不早说啊,我想它一定是慢性的,我已经自杀了 65 年了,你能让它快一点吗?"

验明正身

伏尔泰 84 岁时卧床不起,等待死神降临的时候,一位牧师自作多情,走到他的床边,为他祈祷忏悔,并说这是"购买天国入场券"。伏尔泰想和这种自以为是的人开个玩笑,就盘问起来者身份:"牧师先生,是谁叫你来的?"

"伏尔泰先生,我受上帝的差遣来为你祈祷忏悔的。"

"那么请你拿出上帝发的证件给我看看,验明正身,以防假冒。"

牧师目瞪口呆,第一次在"凡人"这里碰了钉子。

智慧博客

伏尔泰的幽默,源于他丰厚的智慧与对生活的特殊的理解。他的幽默中,暗含机警、讽刺与智慧。这是一种对生活的特有的宣泄方式。恰到好处的幽默,能给我们的生活带来意想不到的乐趣。

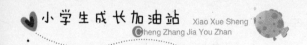

奥运明星也幽默

吴 恒

奥运赛场上,运动员们奋勇争先,展现着独特的体育拼搏精神;赛场下,他们也向世人展示着他们幽默搞笑的天分,这也让剑拔弩张的赛场多了些许轻松。

奥运会前,很多媒体给出的男子三米板双人冠军秦凯的资料里身高一栏显示"168cm",这让秦凯非常"不满"。赛后他不无幽默地表示,"找不到对象就是媒体的事,我明明身高1米7,怎么给我弄成1米68了。"

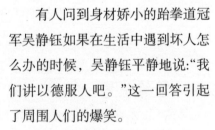

有人问到身材娇小的跆拳道冠军吴静钰如果在生活中遇到坏人怎么办的时候,吴静钰平静地说:"我们讲以德服人吧。"这一回答引起了周围人们的爆笑。

同样是跳水,中国女子90后冠军的搞笑功力也不容小觑。12日下午,王鑫、陈若琳以363.54分夺得

女子双人 10 米台金牌,这也是奥运会跳水项目的第一百金。正值花季的她们赛后不忘顽皮声明:"虽然我们留着短发,但我们还是女的。"

女子 10 公里马拉松游泳比赛中,莫伊雷尔获得了第四名的优异成绩。接受媒体采访时,兴奋不已的莫伊雷尔出人意料地说:"当我游到转弯地方的时候真是拥挤,大家都又拉又拽的,当然,我必须承认,我今天也不是天使。"

"我没感到,难道你没发现我们是在中国吗?"——当被记者问及是否感受到了来自家乡的压力时,男子手球队银牌获得者,冰岛球员西于尔兹松如是说。

某媒体记者对举重冠军张湘样的电话采访——

记者:你好,特别冒昧地打您的电话,我是××电台的记者,您是张湘样的爸爸吗?

张湘祥:我是他爸爸的儿子。

记者:那你是张湘样的哥哥,还是弟弟? 我怎么没听说他有哥哥或者是弟弟?

张湘祥:他的独生儿子。

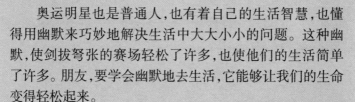

智慧博客

奥运明星也是普通人,也有着自己的生活智慧,也懂得用幽默来巧妙地解决生活中大大小小的问题。这种幽默,使剑拔弩张的赛场轻松了许多,也使他们的生活简单了许多。朋友,要学会幽默地去生活,它能够让我们的生命变得轻松起来。

分鱼问题

庄朝晖

几个朋友凑成一桌饭局,酒酣耳热之际,席间上来了一条鱼。诸位朋友正在互相谦让,一阵妖风吹来,灯灭了。在一片沉寂之中,突然听到数声惨叫。伙计赶紧点亮了灯,只见鱼肉上重叠着无数只大手,最上面有只叉子直没至柄。

由此笑话,我们可以继续引申开去。

第一次分鱼比赛,整条鱼由有刀叉的人赢得。

到了第二次聚会,大家都学聪明了,每个人都带了一把刀叉。谁知到了分鱼的时候,有两个朋友亮出了剑。大家没有办法,只好忍着肚子饿,把整条鱼让给了这两位带剑者。于是,两位带剑者和平分账,一人分得一半。

第三次聚会,大家又学聪明了,每个人带了一把剑。谁知到了分鱼的时候,有三位朋友拿出了枪。这三位带枪者又都想独自分掉鱼,这时大家实在饿得受不了了,于是有人站出来,号召道:"虽然你们有枪,但是一次只能打死一个。我们人多,如果打下去肯定是两败俱伤。但是我们实在饿得不行了,与其饿死还不如战死。"这三位带枪者为

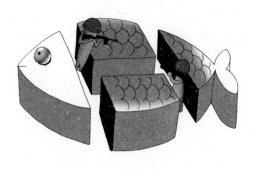

他的气势所慑,只好妥协"既如此,我们三人分掉一半,剩下的你们平分吧。"

到了第四次聚会,大家都学精了。分鱼的时候,每个人都端出了大炮,于是,大家只好把鱼给平分了。

在遥远的过去,大家也是平分着吃。为何现在拿了这么多武器,最终却还是平分着吃?

智慧博客

故事中的分鱼,不仅仅指分现实中的鱼,它意在指明人们瓜分利益的方式。最开始大家都是平分的,但是逐渐有人用武器,取得了较大的利益,但是最后当武器、技术普及时,人们却也回到了最初的平分模式。这告诫我们不要贪婪,无论怎么大费周章,结果也都是相同的,要做好自己的本分之事。

百科探秘

"雨水"为二十四节气之一,表示天气回暖,雨量逐渐增多。每年2月18日前后,太阳到达黄经330度,为"雨水"节气。

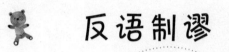

反语制谬

黄中建

正话反说

课间休息时,某中学高一(5)班几位女生聚在一起,唧唧喳喳地议论学习委员杜兰同学。

张同学说:"杜兰不愿意与我们一块儿玩,约她蹦迪不去,约她郊游、野炊也不去,太没劲了!"

李同学说:"她一天围着老师转,我看她就是老师的眼线。"

陈同学说:"我看她就是一个十足的'女书呆子',除了死读书,什么也不懂,难道她想当中国的居里夫人吗?"其余几个女生都笑了起来。

郑同学实在听不下去了,接口说道:"不错,杜兰同学确实有点像个'女书呆子',据我所知,她不仅不会蹦迪,还不会唱流行歌曲,不会玩电子游戏,更不会谈情说爱,一天到晚只知道死读书,非要考什么第一,像居里夫人那样成名成家。她还呆气十足,有一天晚上下大雨,雨水灌进了教室。第二天她进教室后,马上清扫积水,把自己搞得汗流浃背,脸上脏兮兮的,十分狼狈,可搞笑了。还有一次,宋同学得了

重感冒,发着高烧,她马上扶着宋同学上医院治疗,还垫付了医药费,回来后耽误了两节课,这不是要了她的命吗? 像她这样的人不是'女书呆子',恐怕咱们班就没人是了! "

这些女生听了郑同学的话都哑口无言,低着头回到了座位上。

反话正说

某中学高二(7)班几位男生凑在一起聊天,聊着聊着就谈到了外国的话题。

杨同学说:"外国就是好,政治民主、经济发达、科技先进、物质生活富裕。听说英美等国的中学生人人都有手提电脑,许多中学生还自己开小车上学呢。"其余同学听后,都是一副极其羡慕的表情。

只有王同学不屑一顾,他接口说道:"是啊! 外国就是比咱们中国好。你们看,在外国连乞丐都穿西装。而且他们都好有学问,连乞讨时都说的是外语呢……"

其余同学听出了王同学话中的真实意味,都哄然大笑起来。

智慧博客

　　不管是反话正说还是正话反说,都是一种生活的智慧。生活中的许多话,也许正常去说,会给人们带来尴尬与误解,但是如果反着去说,却有着出乎意料的说服力,收到意想不到的效果。关键是如何把握好这个度,恰当的时机,说恰当的话,也是我们应该学习的一门功课。

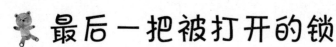 # 最后一把被打开的锁

翟英俊

杰克的父亲是个锁匠，一辈子和各种各样的锁打交道。

杰克6岁就向父亲学习修锁开锁，二十多岁的杰克已经没有打不开的锁了。

渐渐地，这片土地上的富人们感到安全离他们越来越远——富人们总是频频遭窃，而那个高明的盗贼仿佛故意嘲笑他们一般，总是在打开的保险柜门上刻下"FOOL"（傻瓜）四个字母。

警察署长的压力增大了许多，每天接电话最多的内容就是听那些名流没完没了地发牢骚。这边对着电话点头哈腰的警察署长一转过身来，就歪着鼻子把下属狠狠地臭骂一顿。

下属们也很无奈，明知道这些案子是杰克所为，却没有实质性的证据——没有鞋印，没有指纹，没有目击证人，留下的只是简单的四个字母和张着黑洞洞大口的保险柜。

一天，杰克被请到警察局"喝咖啡"。和以往完全不同，这回没有警察反复问他那些无聊可笑的问题。警察们各忙各的，好像杰克根本不存在。

忽然，杰克听到隔壁会议室传来关于保险柜的话题，好像是教官在教学员们一些鉴别保险柜撬痕和开保险柜的方法。听着听着，杰克觉得教官教的方法很多都不正确，漏洞也不少，按教官的方法根本无法打开保险柜，可学

员们却在拼命地鼓掌。

"怎么会有这样的傻瓜教官？"杰克听得有点忍无可忍了。他悄悄地溜过去，正看见一个学员按教官教的方法满头大汗地开着一种简单的保险柜。

"嗨，我说伙计，你那样乱捣一气到明天也打不开的。"

"你是谁？敢教我？你能打开吗？"教官发火了。

杰克没说话，拿起桌上的工具三下五除二就打开了保险柜。瞬间，杰克的耳边传来了雷鸣般的掌声，让杰克忘了身在何处。

一连好多天，杰克都被请到警察局协助调查，也根本没

人管他。杰克就去听那个"饭桶教官"上课,听到教官错得离谱的时候就冲过去用实践把教官狠狠戏弄一番。

一天,杰克在警察局听见教官说:"这种新式保险柜一旦忘了密码,连设计他的工程师也打不开,世界上没人能打开。"

这句话勾起了锁匠杰克的好奇心。他跑去一看,那是曾经让杰克失手的一种保险柜。

"能让我试试吗?"

"不用试的,没人能打开这种保险柜。"教官得意地说。

"给我两小时,我就能打开。"杰克说。

"我赌100块,你打不开!"教官轻蔑地对着杰克说。

时间很快过去一个多小时,精疲力竭的杰克果然没能顺利地打开保险柜。

"怎么样?我说没人能打开就没人能打开。"教官在一旁喋喋不休地对着学员说。

杰克停下了手中的活儿,坐在椅子上闭起眼睛回想开锁的每个细节。忽然,杰克想到,有一次听密码声音的时候,连续听见了两次

"嗒嗒"声,第二声异常细微,一般人根本听不见。难道第一声是假的,第二声才是真的?杰克忘了疲劳,又开始兴奋起来。

终于,在连续听见8次极其细微的声音后,杰克用微微颤抖的手拉开了保险柜的大门。

"我成功啦!"杰克激动地大叫起来。接着,他顺手拿起桌上开锁的工具在保险柜的大门上用力地刻下了"FOOL"四个字母。

智慧博客

故事中的杰克成功地打开了锁,却在最后亲手葬送了自己的自由生活。越是接近成功,越容易失败。胜利的喜悦总是能够冲昏头脑,让我们的努力功亏一篑。朋友,不要被胜利所诱惑,越是成功越要保持清醒的头脑。

百科探秘

大量的水分来源与保持是沙漠化逆转的关键。土地保湿最有效的方法是储水耐风寒植物的耕种。

 飙车啦，少年

吉 安

我们的情谊，不过是拐了个弯，在下一个路口处，我们照例可以安然重逢。

1

在陈北加入我和韩非的"二人帮"之前，我们对那种成绩牛气人也骄傲的男生一直都是不屑一顾的。

陈北当然是属于这种类型的尖子生，坐在教室中间最好的位置上，不只是上课聚焦了老师的视线，连课下都几乎将老师完全"霸占"。他基本上不和我们这群后排的差生交往，即便是迫不得已有事要说，也是神情淡漠、语言简洁，一副孤傲清高的样子。而我和韩非，言行举止里则全是玩世不恭：喜欢打架，看到美女经过，从来都是大呼小叫加跟踪盯梢。如果碰巧被老师看到，也无丝毫惧怕，大不了写份检查，规矩两天了事。这对被师长们打击惯了的我们来说，简直就是吃饭塞了牙缝一般，只需一根小小的牙签便可轻松搞定。所以，当

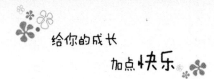
陈北故作镇定地将一封信放到我和韩非的面前，而后表情奇怪地转身走开时，我们俩禁不住给了他一阵稀奇古怪的笑声。

我和韩非对陈北的信研究了整整一个星期，而后在陈北约定要见面的那个周末将信撕掉，又在网上留言给他说："好啊，周日8点立交桥下见哦，如果可以，记得带上几个美女。"随即，我们便将陈北，像忽略一个扑面而来的飞虫一样，漫不经心地给忘掉了。陈北的信里，只有一句话："周末我要和你们一起练习飙车。"语气里透着他习以为常的高傲和轻慢，他把我们当成了他手下的士卒。可是，陈北忘了，我们是两条路上的陌生人。他在自己的领域里可以纵横飞驰，但到了我们这里，就没有人再把他视为需要时刻尊崇的老大。

周一，陈北过来收作业，我和韩非嘻嘻哈哈地给了他一句："抱歉啊，忘了。"陈北看着我们一脸的无辜和得意，突然将一摞作业狠狠地摔到我们面前，大声吼道："你们以为一句忘了就可以把心底的轻视和自私全都抹杀掉吗？我不是你们眼中的路痴，可以任你们戏弄！"

我和韩非都没有想到，陈北会发这么大的火。本以为，他会不屑与我们飙车，就像每次排座位，优生们从来不肯与差生同桌一样。可是陈北，他怎么肯丢掉面子，与我们疯狂？

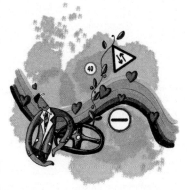

2

几天后，一个跟陈北很铁的女孩子在路上拦住我们，开口便说："你们

到底愿不愿意和陈北一起练习飙车？"我哈哈大笑说："怎么，陈北派你来威胁我们？"女孩冷冷地笑道："别以为你们一脸的高傲，就能掩得住心底的自卑，不过是些雕虫小技，有什么了不起，料定你们也比不过陈北的娴熟车技！那天他等你们一天，实在是高看了你们！"

这几句话一下子就激起了我和韩非的斗志。士可杀不可辱，况且，还是被我们向来视为敌对分子的陈北。

我们的挑战书是在 QQ 上下的："如果你能比过我们其中的任何一个，那么，我们甘愿此后陪你飙车，否则，我们依然形同陌路，互不打扰。"陈北灰色的头像沉寂了片刻，便闪烁起来，打开，依然是面无表情的一句："一言为定。"

比赛的地点，选在了一个有山坡、废弃铁路和许多天然障碍的郊区。没有欢呼，没有喝彩，没有观众，我们三个人高马大的 17 岁男生，在这个人烟荒芜的地方，展开了一场激烈却无声无息的争斗。单轮前行，山坡俯冲，金鸡独立，白鹤亮翅，诸种自创的花样，阅兵般地展示给彼此。每一个动作里，都透着固执，带着不服，漫着硝烟。每一次摔倒，也都会即刻翻身而起，将疼痛和瘀青尘灰一样转身淡忘在风中。

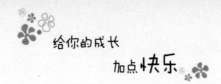
终于在最后的飞车一局里,陈北的车无意中坠到了一个坑里,他连人带车一起被摔出去很远,不仅车胎报废,人也站不起来了。陈北,就这样败给了我和韩非。

是陈北先开的口,他说道:"以后,你们可以继续飙你们的车,我甘拜下风。"手脚已是青紫的韩非看了我一眼,沉默着,然后扶起车子,走到陈北身边说道:"我载你回去。"

三个人在暮色黄昏里,筋疲力尽地返身回去。夕阳温柔地斜射在我们身上,秋日的风,已是微凉,宛如溪水,缓缓地漫过我们伤痕累累的手臂,市区的繁华和喧闹离我们愈来愈近。可是,那一刻,我还是听到有什么东西,在心底清晰地断裂,消融。

将陈北送至门口,我们转身要离去的时候,陈北突然轻声说:"谢谢。"而韩非则头也不回地高声丢给他一句:"这么轻易就想结束比赛,算什么好汉,等你好了,我们继续 PK,好好练吧兄弟,争取和我们打个平局!"

3

这样的比赛,此后再没有停下来。我们常常是一方胜了,另一方不服,就继续约了时间展开 PK。每个周末的市郊,总会有三个少年乐此不疲地玩弄车技。有时候累了,我们就躺在洒满阳光的山坡上,眯起眼睛,在白云下做一场小梦。生活似乎一瞬间变得五彩斑斓、绚丽多姿了。我们再不把陈北当成不同道的敌人,他在我和韩非的眼里,俨然是一个可以嬉笑打闹的兄弟,一个可以为我们保守秘密的朋友,一个在午睡的梦中被我们吵醒,只为看某个美女的死党。陈北,他竟可以与我们这两个班痞结为同伴,这在我看来,无论如何都像是一个梦。

陈北的父母,首先来干扰了我们这场美梦。他们不仅在我和韩非打电话约陈北出去飙车时,越俎代庖地替陈北撒谎说没空,还强行将陈北的山地车上了锁。有一次我们在楼下大呼小叫让陈北下楼,他妈妈气冲冲地探出头来,高声喊道:"我们家陈北是要考北大的,不像你们在街头小巷厮混,你们来请教问题可以,如果再这样带我们陈北往斜路上走,别怪我告诉你们老师!"她的这一通大喊,立刻让许多人的视线苍蝇一样盯到我们的脸上。有一两个过路人,甚至还幸灾乐祸地白我们一眼,然后丢下一句恶评:"可不就是马路痞子样!"我们是被人打击惯了的,可是这句外人的嘲讽,却让我们被密实的硬壳包裹住的心,突然地裂开来,露出鲜红惨烈的血肉。

我和韩非只是彼此对视了一眼,便飞身上车,对着陈北的妈妈,同时也是对着陈北,宣誓般地奋力喊了一句:"走啦走啦,再不来打扰啦!"转身离开的那个瞬间,我看见陈北从窗户里努力地探身出来,没有说再见,却是在唱歌,听不清歌词,但曲子里却是只有我们才懂的落寞和感伤。可是,又能怎样呢,陈北,注定是不会与我们同路的。

4

寒假很快到来,我和韩非又可以如往昔一样,在呼啸的寒风和飞扬的雪花里,尽情领略不一般的飙车时刻。那种恣意的快乐,飞翔的

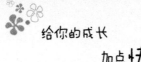
真实,速度的超凡,让我们暂时将那些不快的过往,连同陈北一起冻成屋檐下晶莹闪烁的冰凌。

一天雪后,我又拉了韩非去飙车。行至一家超市时,两个人放下车去买水,只不过片刻的工夫,韩非的车子就莫明其妙地被人盗了去。正咒骂时,忽听到身后有人招呼,回头我们便看到了陈北。有一刹那的难过和忧伤从心底浮起,但随即我便奚落道:"还不快回家学习去,否则错过了北大,你爸妈可是会恨我们一辈子的。"陈北的脸微微地红了,但立刻笑道:"既然这样,不妨护送我一程,好让我早点回家为爹妈拼前程去。"

三个人就这样略显尴尬地坐上了陈北的车子,韩非掌车,陈北在前,我在后。车轮在柔软静寂的雪地上压下一道深深的印痕,就像是那条在我们心里生出的裂纹。来往的行人,无不侧目而视,神情里的微笑竟然是宽厚和温暖的,甚至有点羡慕,有点对放纵青春的怀念和渴望。

　　是谁先唱的歌,忘记了,只是感觉又像回到了半年前的时光。雪后的天空,是纯净的浅蓝色,而我们的歌声则穿越明净的浅蓝,直抵那最温情最动人的内核。陈北说:"韩非,加速啊,让我们体验飞翔的感觉。"韩非真的开始提速,而陈北则情不自禁地伸展开左臂。倒坐在后面的我看见陈北投在雪地上的影子,感觉到韩非后背传达过来的温暖,突然内心感动,于是也无比坚定地将自己的左臂伸出去。那一刻,我似乎听到了雪地上的大鸟,高叫着振翅飞向无垠的长空……

　　韩非的车子在第二天悄无声息地出现在自家的楼下。什么也不必说,其实我们都明白,它为什么会突然地消失,又安静地回来。就像是我们三个人的情谊,不过是拐了个弯,在下一个路口,我们依然可以安然重逢。

智慧博客

　　故事里作者的友情,拐了个弯,在下一个路口,依然可以安然重逢。你的生活里是不是也有这样的弯路? 是不是在下一个路口也会有一个等待与你重逢的人? 也许你忘记了,也许你忽略了,不过不要紧,友谊是一种很神奇的缘分,我们坚信,在友谊的国度里,总会有那么一个人,等待着与我们重逢。

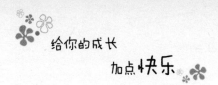

傻子也忧伤

魏风华

有人认为,西晋在司马炎死后大乱,与其子即历史上最著名的白痴司马衷继承帝位有直接关系。俗话说,老婆都是别人的好,孩子都是自己的亲。虽然时为太子的司马衷被世人认为是个白痴,但作为父亲的晋武帝司马炎,还是铁下心来把皇位传给自己的这个宝贝儿子。当然,细节处没那么简单,有两个问题值得一提。

第一个问题是:司马衷到底是不是白痴?如果是的话,他白痴到什么程度?关于说他白痴的指证,有两个非常著名的例子:A.一天傍晚,这宝贝儿子正在园子里玩耍,池塘里突然传来蛤蟆叫,他听后觉得很有意思,便拉过来一个随从说:"呀,这东西叫得真好听,呱呱的,我问你:它们是在为官家叫呢,还是为私家叫?"随从睁大眼睛,不知如何回答。B.在一个饥荒之年,民众饿死无数,人们都在谈论这件事,被他听到,他觉得非常奇怪,就问:"都饿死了?老百姓为什么不喝肉粥呢?"后人凭以上两则故事给司马衷下了诊断书:是个白痴。

不过,如果你细心的话,就会发现一些疑点,比如司马衷即位后在征讨成都王司马颖的荡阴之战中的表现。在此战中,皇帝的军队大

败，司马颖的士兵杀至他面前。嵇康之子嵇绍以身躯保护皇帝。当士兵们砍杀嵇绍时，司马衷怒喊道："他是我的大臣，你们不要伤害他！"

虽然嵇绍最后还是被杀了，但司马衷的这一喊，让人觉得他可不像个白痴。在被司马颖掳至邺城后，周围人要给他洗去龙袍上的血污，他拒绝道："上面有嵇侍中的血，请你们不要洗去！"这话里更是饱含深情了。由此可见，司马衷并非完全意义上的白痴（在医学上白痴是有严格定义的），只是人比较傻而已。

第二个问题是，既然司马衷的智力很成问题，以晋武帝司马炎的聪明，为什么还要坚持让他继承帝位？实际上，在司马衷十几岁时，武帝一度有废黜他这个太子的念头，但被老婆杨皇后阻止："立太子，应重其是不是长子，而不应以聪明为标准。"此后，晋武帝便打消了废黜太子的想法。

大臣们急了，他们认为在这方面是绝对含糊不得的，让一个缺心眼的人继承晋朝的江山？玩笑实在是开大了。于是多有直谏。其中，很多大臣希望以皇帝的弟弟、聪慧贤德的齐王司马攸代替司马衷。这

引起了武帝的不爽。这是儿子与弟弟之间的选择。

从帝王的心理来看，一般都会把自己的儿子放在优先考虑的位置上。开始时，武帝跟大臣们打马虎眼，后来被逼急了，有点发怒的意思，大臣便不敢吭声了。

司马炎之所以决心把帝位传给儿子，在我看来，有着内外双重原因。内因如上文所说，司马衷虽然傻，但还没有到完全白痴的地步。在司马炎看来，儿子的心智还有进步的余地。为此，他让裴楷这样优秀的人物做太子的老师，以保证优质的教育，用心良苦。所以，即使儿子稍微有点变化，他都很高兴。外因除了杨皇后的那番话外，还关系到权臣贾充的支持。众所周知，司马衷娶了贾充的女儿、黑丑凶狠的贾南风。为了让自己的女儿将来能当皇后，贾充自然要替太子说好话。司马衷虽傻，但生了个儿子叫司马遹，非常聪明，招司马炎喜爱。这个聪明的孙子在不知不觉中为他愚呆的爸爸保住皇位尽了一份力。

智慧博客

傻子也忧伤，白痴也有自己的故事。有的人生来就心智不全，但这并不是他们自己的过错，相反，他们的内心世界往往也比这世上许多心智健全的人要纯洁得多。我们要尊重他们的生活，不要以为傻子就不懂得忧伤。从生命的角度来讲，我们都是平等的。

手绘物语

安 宁

　　那时我已经开始爱美，会在肥大的校服里面，穿碎花的衬衫。天热的时候，将校服的拉链，尽可能低地拉下去，露出那一蓬一蓬散漫开着的花朵。有男孩子看过来，会羞涩地低头，手指轻轻绞着校服的一角。

　　十五六岁的小女生，单纯任性，总是抓住一切可以不穿校服的机会，放任自己娇艳地绽放。老师们在讲台上，看见谁故意将校服穿得凌乱不堪，就会板起面孔，说一通女孩子要自尊自爱的话。而我们，则在课下凑在一起，七嘴八舌地讲这个老师的八卦，一直讲到心满意足，讲到被批的那点小委屈终于烟消云散。

　　上美术课的时候，老师将一盆茉莉，摆在桌子上，让我们描摹。邻桌叫茉的女孩，却偷偷地将一朵芬芳的茉莉，画在了自己校服的内侧。画完了她便伸过头来，欣喜地要与我分享。就在我刚刚瞥了一眼那朵呼之欲出的茉莉，还没有来得及惊讶茉的大胆笔法时，老师已一脸威严地走了过来，然后不容分说地，让我和茉站到讲台上去。

　　惶恐中，我与茉肩并肩站到讲台上，等待老师的冷嘲热讽，和

同学们善意却刺目的同情。老师冷冷地让茉给大家"展示"一下她的艺术作品。明知这是故意的揶揄,但茉却让全班都看傻了。她骄傲地朝老师微微一笑,打开校服的一侧,而后又像鸟儿一样,铺展开另一侧。

台下一片哗然,我小心地顺着老师愤怒的视线看过去,这才吃惊地发现,茉的校服右边内侧,竟然开满了大朵大朵绚烂的山茶花。当她背过身去,将衣领内侧也翻开,竟是一条长长的绿色的青藤!

老师的脸,顿时像泼了一瓶油彩,红的绿的蓝的紫的混在一起。台下开始有人高声地喊叫、唱歌,像一群被束缚太久的鸽子,呼啦啦地撞开笼门,争先恐后地飞向高远明净的蓝天。

我依然清晰地记得,这场由茉引导的"手绘革命",在我们那个保守封闭的小城,犹如一道雨后的彩虹,张扬炫目地点染了我们的很多日子。我们手绘自己喜欢的花草、飞鸟、童话、音乐、明星、格言,还自创抽象唯美又神秘莫测的图案,而其中蕴含的爱恨,除了那件校服的主人,无人可解。

我曾经将对另一个男孩的暗恋,只用一片水中漂泊的绿叶,就含蓄完美地表达了出来。而茉,则把对一次测验失利的懊恼,尽情地发泄到一个龇牙咧嘴的小人儿身上。男生们呢,则在校服上绘满崇拜的球星、赛车手，或者一个女孩秀美的双眸，一行爱的英文字母的缩写。

老师们终于无力阻止这股手绘的潮流，任我们将色彩涂满原本单调的校服的每一寸地方。昔日总强迫我们穿校服的体育老师，却喜上眉梢，因为，我们终于不用他耳提面命，才勉强穿起校服，绕操场跑步了。那些绘满青春符号的校服，像是猎猎彩旗，陪伴着我们，激情地迎风奔跑。

几年后，我离开校园来到北京，在一所中学门口，看见那些出出进进的男孩女孩，与那时的我一样，穿着肥大的校服，脸上挂着漫不经心的表情。瞥一眼他们校服的衣领、袖口、肩背上的图案，便能立刻读懂正在流行的时尚物语。

我站在北京的街头，看着那些青春密码在校服上熠熠闪光，那一刻，就如看见我已经远逝的年少时光，那样的鲜明和疼痛；我也才终于明白，自己一路行走奔波，却始终不肯去回望那段岁月的原因。

不是不想，而是不愿，不愿去面对打开那些青春密码里的动人记忆时，那无能为力的感伤！

智慧博客

青春总是醉人的，却也总是短暂的。青春的符号，在流年里已褪去了颜色，但是那些记忆却依然鲜明和疼痛。这样的青春是谁也留不住的，对于它的流逝，我们无能为力。也许我们能做的，只有将这份感伤，化为动力来感受现在，因为易逝的不仅是青春，还有我们整个的生命。

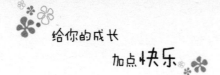

小象巴颂为何被杀

刘燕敏

巴颂是一头小象。

它出生在泰国南部的一个林场,它的母亲是一头劳工象。巴颂出生后就跟着母亲干活,母亲拖木材,它跟在后面拖点小东西。

两岁半的时候,主人见巴颂比较伶俐,就把它送到了大象学校,让它学习表演。

因为,在泰国一头表演象的价格要比劳工象高十五六倍。学成之后,无论是卖给马戏团,还是租出去,都会有不错的收入。

巴颂就读的是一所三年制学校,这里有着当地最好的教学条件。在这所学校里有 16 头大象,它们在这儿学习顶碗、踩高跷、踢皮球、转呼啦圈,以及扇耳朵、甩鼻子等表演性动作。

巴颂来到这儿感到非常高兴,因为学校比林场好玩得多,因此学习的劲头也比较足。在不到两年的时间里,它就掌握了所有的学习内容。

驯兽师感到很高兴,主人也感到很高兴,他们觉得有必要再给它增加一些项目,这样将来不仅能卖出一个好价钱,也能给学校增光。

于是,接下来的日子,巴颂除温习那些学会的基本动作之外,每天又被增加了绘画、打鼓、收取小费三项学习内容。当别的小象都在休息、玩耍的时候,它要在训练房里练习。

有一天,巴颂忽然把画板扔到了墙上,又有一天,它把鼓给弄烂了。在大象学校,这样的举动是会受到惩罚的。扔画板的时候,它的鼻子被打了三棒;弄烂小鼓的时候,它的鼻子上被套了一只红色的松紧圈。对大象来说,这是很重的一种惩罚,因为它们认为这是一种羞辱。不仅如此,它每天的训练量也被增加了。

小象巴颂对学习失去了兴趣,开始拒绝学习。驯兽师一接近它,它就横冲直撞,甚至撞开训练房的门,逃到大街上。有一次,还差点踩死一个人。

主人不得不把它领回去。

可是,从学校回来的巴颂,已不再是原来那个可爱的小象巴颂了。它的脾气变得暴躁,甚至有些野蛮。2008 年 3 月 4 日,它被主人以很便宜的价格卖给了一家马戏团,第三天,它就被射杀了,因为在

表演的时候,它冲下舞台,把一位游客用鼻子卷起抛向空中,最后这位游客不治身亡。

前不久,泰国的各大报纸都报道了这件事。最后,大家把责任追究到那所大象学校那里,学校却拒不承认。直到一位中学的校长站出来评理,那所大象学校才算担下了责任。那位中学的校长说:学习是快乐的,但当学习被降格为苦役时,也就无所谓快乐了,它甚至会成为一个学生堕落的开始。

智慧博客

　　小象巴颂的故事,让人们不得不反省当下的教育体制,我们的教育理念是以人为本、因材施教,但是真正实施下来的体制也许并不一定与之相符,学习是一件快乐的事情,不要用严格的指标与数据来扭曲了它的本意。

百科探秘

　　地球上火山喷出的熔岩温度高达 $1\,200℃～1\,300℃$,天然温泉的温度大多在 $60℃$ 以上。这说明地球是一个庞大的热库,蕴藏着巨大的热能。

只有聪明的伊莎贝尔

潘国本

伊莎贝尔结束了一天的辛苦工作之后，酣然入睡。

一位玲珑的天使飞进窗口找到了她，说："聪明的伊莎贝尔，每个人都应该得到一份适量的聪明和一份适量的愚蠢，可是匆忙中上帝遗漏了你的愚蠢，现在我给你送来了这份礼物。"

"愚蠢礼物？"伊莎贝尔很不理解。但慑于上帝的威严，她还是接过天使手中的愚蠢，无可奈何地植入脑中。

第二天，她平生第一次讲话出了破绽，第一次解题费上了思考，她花了一个早晨记住的一组单词三五天后也忘了将近一半。她痛恨这份"礼物"。深夜，她偷偷地取出了植脑不深的愚蠢，扔了。

事隔数天，天使来核查那份"礼物"，发现他给伊莎贝尔的愚蠢已被扔进了垃圾箱。他第二次飞入伊莎贝尔的卧房，义正词严地对她说："这是每一个人都必须有的配额，只是或多或少罢了，每个完整的人都应该这样。"

不得已，伊莎贝尔重新把那份讨厌的愚蠢捡了回来。但是，她太不愿意自己变成一个不很聪明的人了。她把愚蠢嵌进头发，不让它进

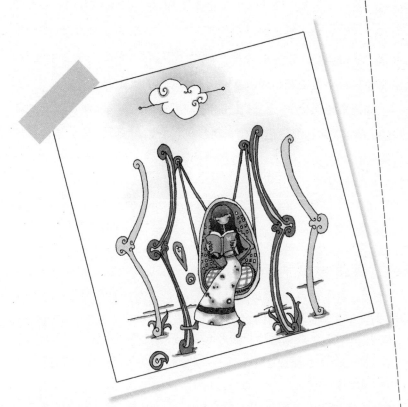

入思维，居然蒙过了天使的耳目。这以后，伊莎贝尔没有遇上一道难题，没有考过一次低分，一直保持着超强的记忆、出色的思维和优异的成绩。

当然，她也没有了苦役获释的愉快和改正差错后的轻松。更奇怪的是，没有一个同伴愿意与她一起组队去出席专题辩论，因为她的精彩使同伴全成了木鸡；也没有哪个愿意和她作买卖，因为得利赚钱的也总只是她。虽然她也年轻漂亮,谁敢找她去恋爱呢?男人们无不怕在她的光环里被对比成傻瓜。连下棋打牌也十分没劲,因为来者总是输得伤心。偶尔有一两次她给了点面子,卖个关子下个软着,也很容易看出是她在暗中放人一马,比她胜了还伤害人的自尊。

她越来越孤独、空乏,于是她也希望有份愚蠢。天使再次来到她身边,笑吟吟地将那份愚蠢植入伊莎贝尔的脑袋里。伊莎贝尔惊奇地发现,没多久,快乐就来到了她的身边。

智慧博客

对于伊莎贝尔来说,愚蠢是一份上帝的礼物,因为它让她感受到了真正的快乐。聪明是好的,但是过度的聪明却会给生活带来麻烦。能者多劳,不仅仅指多劳作,也代表着多劳累。从这个角度看来,"愚蠢"确实是我们不可或缺的礼物。

我国泥石流的暴发主要是受连续降雨,尤其是特大暴雨的激发。因此,泥石流发生的时间具有明显的季节性,一般发生在多雨的夏秋季节。

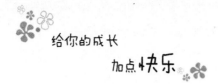

白岩松：
冷暖幽默皆有"智"

风 莎

妙评王小丫画作

2007年11月，央视举行2008年黄金资源广告招标会，在A特段招标前，作为主持人的白岩松在主持节目时，特意卖关子留下悬念说，最终中标的两位客户将获得"大师"赠出的神秘礼物，这也将是该"大师"唯一流传到民间的作品。A特段广告标锤落定，揭标完毕后，白岩松才揭开了传说中的赠礼：两幅画作。一幅是一位书法家的作品，另外一幅水墨修竹，则是出自主持人王小丫之手。面对白岩松张嘴闭嘴的"大师之作"，一旁的王小丫显得有点儿不好意思。

既然是王小丫的画作初次曝光，白主持总得点评一下吧。幽默的白岩松当即点评道："小丫画竹的诀窍，其实就是将小丫的'丫'字反复写在纸上即可。"现场笑成一片。

妙喻活跃氛围

2007 年 1 月，白岩松去给"广东十大金牌主持人大赛"当评委。在最后的总决赛中，正方观点是"能力比学历重要"，反方是"学历比能力重要"。两名选手正你来我往相持不下，白岩松站出来说："当我一个人时，我坚持能力比学历重要，因为我只是本科毕业；当我和我老婆在一起时，我就坚持学历比能力重要，因为我老婆是硕士研究生毕业。"在观众的哄堂大笑声中，现场气氛一下子就轻松了下来。

谦虚对荣誉

2005年1月,《时尚·先生》评选首届"中国时尚先生",白岩松与万通集团董事会主席冯仑、作曲家叶小纲、著名歌唱家廖昌永、著名导演陈凯歌、著名演员姜文等入选。颁奖晚会上,主持人将白岩松请上台,要他发表获奖感言,他发表了一段艳惊四座的幽默感言。他说:"我今天很有危机感。看到长得非常好看的两位,还有我其他的同事是颁奖嘉宾和主持的时候,我知道我只有领奖了。我今天有三句话:第一句话,非常感谢时尚杂志把时尚先生的奖项颁给我,这是一个非常有幽默感的举动,就像我不会游泳却坐在游泳池旁边,不过,非常感谢时尚杂志让我第一次和时尚沾边了。第二句话,'先生'在我心中是非常伟大而值得尊敬的词,我配不上,但有一点我配得上,我的确是男的,而且目前没打算改变性别。最后要说的是关于时尚,有人说时尚是一种追逐,我说偶尔坚守也是时尚;有人说时尚是色彩,我说对,留一点时间辨别黑白也很重要。感谢时尚杂志,感谢主持人!"他的感言一说完,台下顿时掌声如潮。

豁达避锋芒

2000年11月,白岩松去山东高校演讲。有学生问白岩松:"你觉得你和水均益谁比较受欢迎?"白岩松很实在也很幽默地说:"一个人是一个人,而不是一群人,百花园可爱是因为有各种各样的鲜花。小水在主持有关世界性问题的节目上有长处,连英国首相布莱尔都惊诧于他的提问与语言的流畅。我从不指望被所有的人喜欢,中国人都喜欢的东西只有一个:大熊猫。"

当有人就他的书《痛并快乐着》引起各种评论甚至非议的事情问他有何感想时,他故意苦着脸自嘲说:"我原以为写书是最痛苦的,现在才知道把书卖完才是最痛苦的。"

当有人又将问题延伸,提问道:"王朔今年以'我是流氓我怕谁'的大无畏精神大开杀戒,你也遭受王朔'痛并快乐着'的评价,对此你作何感想?"白岩松微笑着用巧妙的语言回答说:"我可以用'我不是流氓我怕谁'来说,王朔说话是没办法还嘴的,开始时我还想还嘴,后来我一看他的专栏,哇!'狗眼看人低'。"他这幽默的回答绵里藏针,一语双关,大家纷纷鼓掌叫好!

智慧博客

　　白岩松的暖笑话巧解尴尬,他的冷笑话则绵里藏针。而正是各式各样的冷、暖笑话,交错编织出了他自己独特的生活方式。我们不得不承认,巧用冷、暖笑话是一种智慧,而这种智慧则出于对生命独特的认知。

百科探秘

　　火山喷发会对人类的生命和财产造成巨大的威胁,它是一种灾难性的自然现象。但是在火山喷发后,它所喷发的物质能提供丰富的土地资源、热能资源和多种矿产资源。

要生活得写意

美妙的债务

[瑞典] 塞尔玛·拉格洛芙　邓笛　编译

　　几天前，我坐在驶往斯德哥尔摩的火车里。车轮飞转，思绪飘忽，我想象自己正在通往天堂的路上。父亲肯定坐在阳台的摇椅上看书，在他面前，和煦的阳光抚摸着花园，欢乐的鸟儿啾啾歌唱。他看到我，会放下书站起来，对我说："嘿，我的女儿，你怎么来啦？"

　　我想把好消息多隐瞒一会儿。

　　"我是来听你的建议的，"我要用间接的方式对他说，"我现在负债累累了。"

　　"我恐怕帮不了你，"父亲会说，"天堂里什么都有，就是没有钱。"

　　"我的欠债不是钱，但却与你有关。因为你，我背上了难以还清的债务。你还记得在我小的时候你为我唱贝尔曼的歌曲吗？你还记得每天晚上你为我讲安徒生的童话吗？也就是从那时起我陷入了债务之中。这些歌曲和童话让我插上了幻想的翅膀，受到了英雄们的感染，爱上了我们生活的这片土地，你叫我如何偿还呢？"

　　父亲坐直了身子，眼睛晶莹闪烁："我很高兴让你背上这样的债务。"

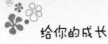
"可是，爸爸，这才是一小部分。还有那些苦难的流浪艺人、忙碌的农夫、快乐的水手，他们给了我创作的素材，是他们让我知道美妙的诗句不但在书本里，也在茅屋村舍、高楼大厦、车水马龙、光影声色之中。我欠的不仅是人的债，还有大自然的呢——璀璨星月、变幻云霞、青山秀水、飞禽走兽让我见识人间美景，领略诗情画意，更让我妙笔生花，文思泉涌。"

父亲会朝我颔首微笑，一点也不着急。

"爸爸，我欠的债还不止这些。那些把语言煅造成精良工具的人，我欠他们的；那些在我之前就写出动人诗篇的人，我欠他们的；那些国外的文学巨匠们，我欠他们的。我如何才能偿还？"

"是的，是的，"父亲会说，"你欠的债确实不少，不过，我想总是有办法偿还的。"

"我没有这样乐观，爸爸，你可能忘掉我还欠读者们的债呢，他们的赞誉之词使我深受鞭策，他们的中肯建议使我受益匪浅，没有他们的关注，我怎么会成为一名作家呢？"

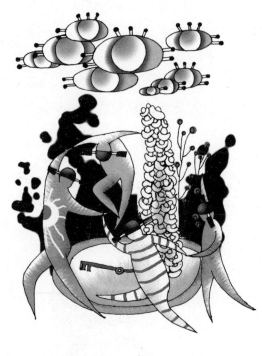

"是的,是的,"父亲会说,但是可以看出这时他已经不再那么平静,他对我能否偿还欠债表现出担忧了。

"还有所有曾经帮助过我的人,"我说,"还记得吗?我的小学语文老师为我打开了文学之门,我的朋友们资助我游览名川大山、古迹旧址,我的出版商为我的书作了大量的宣传,这些叫我如何偿还呢?"

父亲垂下了头,显出爱莫能助的茫然。

"哦,爸爸,我欠的最大一笔债务我还没有讲呢!"于是我把我获得诺贝尔文学奖的事情告诉了他。

"真想不到……"父亲看着我的脸,想判断我说的是否是真的。接着,他脸上的皱纹全都颤抖起来,眼睛里闪烁着晶莹的泪花。

"那些让我获得诺贝尔文学奖提名的人,那些最终决定将此大奖颁发给我的人,我该对他们说些什么呢?爸爸,他们给我的不只是荣誉和奖金,更多的是对我的信任——他们把我从众多作家中挑选出

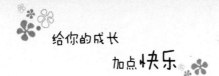

来,我该如何偿还这样一个债务呢?"

父亲会思忖片刻,然后擦去泪花,抬手拍一下摇椅的扶手,大声说:"女儿,别以为天堂里的人就比你们高明多少,我也同样想不出高招帮你偿还这些债务,不过我现在完全陶醉在你获得诺贝尔文学奖的快乐之中,无暇考虑别的事情!"

女士们、先生们,到现在为止,我父亲的这句话,是我能想到的最好的答案,所以我唯有快乐地邀请大家同我一起举杯向瑞典文学院致意!

智慧博客

　　文章中作者所欠下的"债",是这世间万物所给她的灵感与帮助,是一笔美妙的债务。而我们自己的人生中,也有着许多这样的债务,我们每个人都是欠债的人,却也是债主。学会感恩,学会报答,然后用一生来偿还这笔美妙的债务。

百科探秘

　　冰川是一种巨大的流动固体。我们目前所见的冰川分为大陆冰川和山岳冰川,冰川在移动的过程中有很强的搬运作用,被人们形象地称为"大自然的推土机"。

是金子,总会浴火重生

温献伟

　　一家月饼生产厂家,经营不善,遭到投诉,最终破产倒闭,转而生产体育比赛专用的铁饼,生意日隆。

　　一位外科大夫,屡出医疗事故,下岗失业后,苦心钻研,终成一位优秀的兽医。

　　一个小偷,"三进宫"后,痛定思痛,刻苦训练,不久,便成为一名短跑好手。

　　一位常年在剧组跑龙套的"打手演员",下岗后,顺利加入区城管大队,成功实现再就业。

　　一位足球裁判被终身禁赛后,开了一间门店,主营一种黑色的哨子,销路出奇看好。

　　一位电视节目主持人下岗后,积极转型,成为名人婚礼上的高级司仪,月入 10 万,拥有名车洋房,羡煞同行。

　　一位婚介所的媒婆,下岗失业后,多方努力,终成某机构首席婚姻咨询师。

　　一算卦摊儿被取缔,不久,算卦先生摇身一变,成为某乡政府的

高级风水顾问。

某位明星的经纪人，因为经常泄露明星隐私被炒鱿鱼，发誓跳槽。不久，某报独家猛料频出，声名鹊起，该经纪人遂成"镇报之宝"，被授予"首席资深娱乐狗仔记者"。

两位专家，常年游走大小街巷演说场所，一唱一和，甚为默契。

被单位除名之后，二人终日"闭门苦练"，不知所踪。据传，二人后来成功转型，一捧一逗，说相声去了。

智慧博客

人生何处不幽默，但千万不要让人生"幽默"了你。你可以以金子的身份散发耀眼光芒，但千万不要让人们打上劣质黄金的标签。冷笑话有时让人不知所云，但它的确是生活中的另一种乐趣。

为失败而笑

李　敖

有一个笑话——

甲问乙:"为什么这么愁眉苦脸?"

乙说:"我的朋友被火车轧死了。"

甲说:"难怪,你一定很痛苦。"

乙说:"我当然痛苦啊,他穿的是我的西装。"

这个笑话有它深刻的另一面,那就是这个乙倒是个实际的人。他虽然无情,却很实际。碰到意外,他先检查实际的损失,这是极端小市民的境界。

我们再来看孔夫子。一个地方着了火,孔夫子只问人受伤了没有,不问马受伤了没有——"伤人乎?不问马。"当然,孔夫子之所以有这种境界,一个可能的原因就是马不是他的。如果马是他的,他也许会像小市民愁西装一样愁起自己的马来。

还有一种以洒脱的方式处理损失的人,这就是"堕甑不顾"的故事。汉朝有个叫孟敏的人,背了个陶土烧的大瓶子走,瓶子一下子掉在地上,他仍旧朝前走,头也不回。人家问他怎么看都不看一下,他说

已经破了，看有什么用。这种人就很洒脱。他不花一分钟时间去开碎瓶追悼会。

当然，开追悼会也是一种安慰。遭受了损失的人，总要哭几声，唠叨几句，这也是一种发泄。不过，一个人的高不高，就在这儿看出来。真正的高人是一声不响的。这种一声不响，叫"打脱牙齿和血吞"。这是一种应付失败和损失的坚韧态度。这种态度赶不上孟敏"堕甑不顾"的洒脱，但也是第一流的。

"打脱牙齿和血吞"，就是牙齿被人打掉了，却吐都不吐出来，跟满口的血一起吞到肚子里面，表示遭遇了任何失败和损失都忍住一声不响。这种态度不够轻松，却叫人佩服。

学会利用失败要分两种层次：第一种层次，先从失败里面检查残余，看看失败后还剩下些什么，而绝不花一分钟时间去开追悼会，去唉声叹气，去借酒浇愁。如果知道根本就没有残余可剩，那么就干脆"堕甑不顾"；第二种层次，要做到反而为失败而笑。笑则是笑着看失败。失败有什么好笑呢？有的，就看你看不看得出来。笑不是取笑，而是快乐，是真的因为不成功而快乐。

一般人以得不到什么而痛苦，我却以得不到什么而开心。因为我会想到得不到什么的好处那

一面，一般人绝对不愿这么想，所以他们因为失败而痛苦，却不会因为未得到而开心。

一般人只会庆祝成功，我固然也会庆祝成功，但也同样庆祝失败。像我这样肯把失败当成功一样庆祝的人，全世界恐怕绝无仅有。我能从失败中看到它的好处，并且愿意这样看。结果，我从失败中看到成功的一面，从不幸中看到成功的一面。

一般人很少能看到失败的好处，不会欣赏失败、享受失败，不会在一败涂地时躺在地上细闻泥土和草根的清香。很少人知道：在有比赛的情形下，比赛下来，胜利者往往有两个，就是胜利者和躺在地上吹口哨的失败者；在没有比赛的情形下，一个快乐的失败者本人就是另一个胜利者。人间许多情景，均可如是观。

智慧博客

积极的人生观和消极的人生观，其主要区别就在于对待同一事物的态度上：积极的人往往都是洒脱和坚韧的，消极的人往往存在极端的小市民心态，我们都知道要"不以物喜，不以己悲"，诚然，要有这种境界需要一定的文化和道德素养，但只要我们勇于去践行，就真的可以做到。

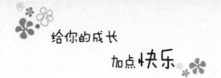

做一个趣味开场白

魏清月

演讲中的第一段话十分重要,你需要在第一段话就运用幽默牢牢抓住你的听众,而不要等第二段、第三段……高尔基说:"开头第一句是最困难的,它好像在音乐里给了全篇作品以音调,演讲者往往要花费很长时间才能找到它。"

1935年3月7日,高尔基应邀在前苏联作协理事会第二次全体会议上讲话。当代表们听到高尔基的名字时,长时间热烈地鼓掌与欢呼,高尔基舍弃原来的开场白,即兴开始了他的讲话:"如果把花在鼓掌上的全部时间计算起来,时间就浪费得太多了。"台下响起一片笑声。

这个开场白实在是好,它对演讲现场的情况轻松幽默地作了评价,使大家备感亲切。这个开场白也体现出高尔基良好的修养,从而吸引听众听下去。

在某校举行的"纪念五四青年节即兴演讲比赛"中,选手王彤就先声夺人。在她演讲之前已有7名同学进行了演讲,他们的称呼大多是"老师们、同学们",如果王彤还用这个称呼,是很难吸引听众的。于是她采用了别人没用过的称呼语:"未来的工程师、会计师、厂长、经理们,大家好!"

王彤所在学校设有机械、铸造、会计、管理等专业,她这一符合实际情况又富有新意、充满希望的称呼,顿时像巨大的磁石吸引了听众,说话声没有了,1 000双眼睛都集中到她身上,从而为她的演讲创了良好的情境,定下了成功的基调。

1990年,CCTV邀请台湾影视艺术家凌峰参加春节联欢晚会。当时,许多观众对他还很陌生,可他说完那妙不可言的开场白后,一下子就被观众认同了,并受到了热烈欢迎。他说:"在下凌峰,我和文章不同。虽然我们都获得过'金钟奖'和'最佳男歌星'称号,但我以长相难看而出名……一般来说,女观众对我的印象不太好,她们认为我是人比黄花瘦,脸比煤炭黑。"这一番话戏而不谑、妙趣横生,让观众捧腹大笑。这段开场白给人们留下了非常坦诚、风趣、幽默的良好印象。不久,在"金话筒之夜"文艺晚会上,只见他满脸含笑地对观众说:"很高兴见到你们,很不幸又见到了我。"观众报以热烈的掌声。

美国休斯顿一位演说家说:"据我了解,幽默的目的在于让听众喜欢上讲演的人。如果他们喜欢讲演的人,那也必定会喜欢他所讲的内容。"

如果开始演讲情绪有些紧张,不妨开开自己的玩笑,这能使自己

的情绪稳定下来，神经得到放松。只要开了头，你就不会感到无从下手，切入正题后会轻松自如。

一个身材高大的演讲者，五官也大得出奇。他说："女士们、先生们，你们已看到我是个什么样的人了。我的耳朵很大，像贝多芬的耳朵。可是长大后，我为这对耳朵感到害臊了。不过，现在我对它们已习惯了。说到底，它对我站在这儿演讲并没什么妨碍！"对自己某些身体特征的幽默解说，很容易就能给听众留下深刻的印象，也很快拉近了与听众的距离。

美国黑人领袖约翰·罗克在面对白人听众作关于解放黑人奴隶的演讲时说："女士们，先生们——我来到这里，与其说是发表讲话，还不如说是给这一场合增深了一点'颜色'。"这是一个自嘲式的开场白，引起听众哄堂大笑。笑声冲淡了由于种族差异而造成的心理隔阂，使沉重的话题变得轻松。

好的开场白只是整个演讲的开始，当你逐渐进入演讲的主题时，还必须继续努力，营造和开场时一样吸引听众的幽默效果。因为一般人的注意力不会持续很久，尤其是演讲人用单调的语言谈一个平淡的问题时，听众将会感到更加乏味。

智慧博客

第一印象对个人的成功来说是很关键的，我们不能凭借一些所谓的经验来决定我们的人生。要给人以良好的印象，适当的幽默是必不可少的，它可以打破僵局，巧解尴尬，甚至改变人生轨迹。

百科探秘

冰川所含的水量，占地球上除海水之外所有的水量的97.8%。冰川覆盖了地球陆地面积的11%，冰川所含的淡水量约占地球上淡水总量的69%。

妙解尴尬

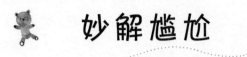

马承钧

人人都会遇到突如其来的尴尬事，面对窘境，往往是考验一个人智力高下乃至人格优劣的关键时刻。有的人仓皇失措、洋相百出，有的人大发雷霆、恶语相向，有的人则从容面对，一句临场发挥的幽默或自嘲，让人忍俊不禁、满堂欢笑，僵局也随之烟消云散。

西方某国一位空军少将正值年富力强，却因过早谢顶而略有遗憾。某年圣诞晚宴上，担任侍者的年轻士兵不慎将酒泼到将军头上。顿时全场鸦雀无声，那名士兵更惊恐不已地垂下脑袋。少将却轻松地打破了尴尬，他指着士兵笑道："小伙子，你以为这样就能治愈我的脱发吗？"

此话一出，立马引来哄堂大笑，紧张的空气顿时缓和下来。众人情不自禁频频举杯，称赞将军的大度与幽默。

解放初期，大学者冯友兰去北京卢沟桥参加土地改革，工作结束后返回清华大学，当地农民用毛驴车送他。随行的一名湖南籍学生心血来潮，执意从老乡手中接过鞭子要亲自驾车。不料这

小伙子挥鞭没走半里路，那牲口发起了犟脾气，车子翻到了沟里，把这名学生吓得不轻。幸亏无人受伤，冯友兰爬起来，拍打着尘土对那个同学说："看来，这头小毛驴儿听不懂你的湖南话啊！"

冯教授的一句话，逗得大伙捧腹大笑，也为那名"闯祸"的学生解了围。

2008 年 7 月 11 日在上海病逝的著名京剧表演艺术家、曹禺夫人李玉茹，20 世纪 30 年代与马连良首次合作演出，在《苏武牧羊》里扮演胡阿云，戏中苏武和胡阿云两人有一段对白。

本来胡阿云应该说："我说，你看看我行不行？"

苏武说："哪个来看你呀！"

胡阿云说："哎哟，你连看也不敢看我，看起来你们南方人哪，可没有我们北方人大方。"

演出中李玉茹由于紧张，把台词错念成："哎哟，你们北方人哪，

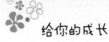

可没有我们南方人大方。"

台下哗然。

李玉茹意识到念错了台词,连忙补了一句念白:"看,我叫你给气糊涂了,把话都说颠倒了!"

观众见她不慌不忙地把错词圆了过来,非常佩服,于是给她来了个满堂彩。戏结束后,马连良逢人便夸:"这姑娘是个好角!"

智慧博客

中国人的幽默常以一种匪夷所思的智慧和人格魅力而构成,这种幽默大概也只有中国人能够深切理解,它在各种关键场合起着润滑作用,却往往能给我们带来意想不到的效果。

百科探秘

火山喷发的强弱与熔岩的性质有关,喷发的时间也有长有短,短的仅仅几小时,长的可达上千年。按火山的活动情况可划分为活火山、死火山和休眠火山三类。

趣话中西思维方式

卢秋田

　　德国人有时跟我开玩笑说:"你知道我们跟法国人有什么不同吗?"比如说一个德国人和一个法国人在临死以前,你问法国人:"你死前最大的愿望是什么?"法国人的回答是:"我想喝一杯最好的香槟酒。"德国人则说:"如果我还有力气的话,我想再作一次报告。"

　　人的思维方式渗透在各个领域,也许你看不见,摸不着,但是你观察和处理一切问题,都反映出你的思维方式。比如一个美国人给日本人写信,日本人看到信,没准儿马上就上火。因为美国人开门见山,将自己的要求放在最前面,后面才讲些客套话。日本人为了保持心理平衡,看美国人的来信往往先看后面。而美国人看日本人的信,越看越糊涂,到信的末尾有几句才是对方真正要谈的问题,前面都是寒暄。美国人读日本人的信也是倒过来看。这种不同的写法反映不同的思维方式。

　　我们国内的宴请,主人在宴会开始前就开始致词,而国外的祝酒词是在主菜以后甜食以前。有人问,为什么要放在后面呢?讲完再吃饭不是更好吗?不然老想到等会儿还要讲话,心里不安,吃得不消化。

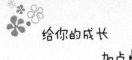
这里也有思维方式的问题。

一个民族的思维方式有相对的稳定性。不是说几年，或者一代、两代人就可以改变的，所谓本性难移。这里我给大家讲一个故事：一个德国人，一个日本人，一个中国人，三个人坐火车从德国的法兰克福去巴黎。这三个人坐在一个包厢里，突然上来一位客人，因为车厢有四个位子。这位客人端着一个鱼缸上来，放在空座上，德国人开始问端鱼缸的人："您能否告诉我这鱼是什么名称，在生物学上应该如何归类，有哪些特性？它们在科学上有什么意义？"日本人听完德国人的话以后就问："请问这位先生，这个鱼我们日本能不能引进？如果根据我们日本的气候和水温、水质，这种鱼能不能生长？"轮到中国人来问了："这种鱼是红烧好吃还是清蒸好吃？"这个故事说明了不同民族的思维特点。

思维方式的差异有时很难反馈给对方。就是说,你的思维方式跟对方的思维方式发生了某种冲突以后,往往反馈不到你本人。举两个我遇到的例子。

一次,我们有一个代表团出访快结束时,要搞告别宴会,准备答谢一下东道主。答谢宴会的气氛非常热烈,双方都认为,这次访问取得了圆满的成功。但当代表团走了以后,主人跟我讲:"我跟你是老朋友,我告诉你实话,我非常讨厌这位团长。"我问为什么讨厌他,他说:"这位团长和我握手的时候,眼睛却看着我后边的人,竟然还跟他讲话,这是对我人格的侮辱!"在他们国家,握住谁的手,必须眼睛看着谁。可惜这位团长没有机会,也永远不会有机会听取这个主人对他的意见。

记得有一年,荷兰有位贵宾到中国访问,安排他的夫人参观幼儿园。那天下着毛毛细雨,她到达幼儿园门口时,看见一群孩子站得笔直笔直的,在门口迎接她,她看到这些感觉很不舒服。接着参观幼儿园的教室,进去后,每一个五六岁的孩子都背着手,面部表情十分严

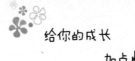
肃。她很快结束了参观。回国后,她请我到她家里看她拍的参观幼儿园的幻灯片,说这是这次访问感到最不舒服的事,下着雨,为什么还要让孩子到门口来?为什么孩子都是这样端正地坐着,五六岁的孩子应该是非常调皮的,吵吵闹闹是正常的,那才像幼儿园。我想幼儿园的老师,为了做到秩序井然,一定做了大量的工作,认为这才是礼貌的文明表现。而就欧洲人的思维方式来说,这是很难理解的。

中西方文化的差异不能说谁优谁劣,我们讲这些是为了了解对方,而且各国应该相互学习,不要以自我为中心。

智慧博客

思维方式就像一把锋利的刀,使用不当会割伤使用者的手;它又是双刃剑,可以选择最合适的那一边。以自我为中心就是把自己困在规矩中见不到方圆外的风景,永远沾染不到别人的光辉。

大气中所含的水汽越多,霞的色彩就会越鲜艳。空气湿度的增加通常发生于坏天气的气旋逼近之前,因此,当出现红色或橙色的鲜明的霞时,就预示着天气将变坏,当然也可能预示着降水的发生。

"冷面杀手"蒋子龙的温润幽默

刘飒

文坛名人蒋子龙先生,闲时爱写杂文。由于他敢于针砭时弊,加之长了一张严肃的脸,所以大家都称他为"冷面杀手"。但是生活中的蒋先生却是个很热心、很幽默的人——

关于我这张脸

蒋子龙先生的脸天生"严肃",所有的肌肉纹理都呈上弦形,好似一条条弯曲的弧度线,不怒自威。很多人初次与他见面都不免"疑惑":我没得罪老蒋嘛,怎么他就这个表情呢?

后来,蒋子龙为了不被这张冷面毁了好名声,特地写了一篇文章以正视听,题目就叫《关于我这张脸》。文中讲述了他因为冷面而遭遇的种种尴尬,人们对他的第一印象总是"不好接触"、"骄傲自满"、"很可能是一个杠头"等等。文中,蒋先生为自己的脸大声平反,呼吁大家不要"以脸取我"。他说:"人生下来就哭,我这是'初级阶段'的标准表情,再说,我这不也是符合'后天下之乐而乐'的古训嘛!"

活埋自己

曾有记者问蒋先生："您即将跨入 60 岁高龄,对人生有些什么计划和安排?"

他笑着说:"说句老话,60 岁不死,就得'活埋',我说的'活埋'是自己把自己'埋'起来。我想把自己'埋'一部分,光留一张嘴吃饭;把耳朵'埋'一部分,闲话不听,光听一些新闻、音乐就行了;眼睛不能'埋'起来,要读书、看报,不看闲书,这样就活得舒坦、超脱一些。所以我在 60 岁之前写长篇,60 岁以后就采取'活埋'政策。"

奇人有异相

都说奇人有异相。有一次,一群作家看指纹说手相,蒋先生的手自然被他们拉来扯去,你一句我一句,凡看过的人都好生皱一阵眉头。但无论怎样,最终得出的结论都是十个簸箕,无一斗。大家惊呼这是异相!但凡异相必是奇才!蒋子龙一听，马上从人们手里"夺回"自己一只向东一只向西的手，谦虚地笑着说："以前是有斗的，这都是当兵时拿枪磨得狠了，当工人时油泥糊得久了，所以现在看不太清楚了。"

笑谈广告

前几年，蒋子龙先生推出了自己的小说《人气》，出版方给小说《人气》写了一句广告词叫"十年磨一剑"，一向谦虚的蒋先生看后，笑着摇头说："什么样的剑，磨十年还不磨秃了？"

当时的记者会上，有记者问他，现在的作品和《乔厂长上任记》那时比起来，是不是有了一些"油滑"？其实"油滑"的根本原因是时代在变，社会在变，作品也跟着在变，但他迫不及待地"承认"说："我还不该油滑吗？我都60岁了，再不滑头就来不及了。"会场里顿时哄堂大笑。

会多人无聊

蒋子龙先生一直担任作协、文联的要职，参加各种各样的会议是

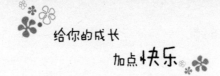

少不了的。会上，人们总会请他发言表态。有一次"无聊会议"上，作家胡殷红调侃地冲蒋先生小声说："蒋先生您是否该说些话了？"蒋子龙不置可否，顺手写了一张纸条递给她："我极少参加这样的会，这是浪费自己的生命陪别人过生日。下次倘再在这样的会上见到我，罚我请你吃饭。立此为据。"

据胡殷红女士回忆说，后来她确实没在那样无奈的会议上见过他。那张字据就此变成了永难兑现的"白条儿"。

智慧博客

幽默往往体现一个人面对生活的乐观态度，是智慧的变相表达。冷幽默严肃不乏诙谐，畅快而不失优雅，幽默就是勇于嘲讽自己而不失身份，为生活增添鲜活的气息，让别人更加尊重你。

百科探秘

形成风的直接原因，是空气分子的水平运动。风受大气环流、地形、水域等不同因素的综合影响，表现形式多种多样，如季风、地方性的海陆风、山谷风、焚风等。

上帝的美味

毛汉珍

乔治最喜欢到格林太太家里去。格林太太常做黑面包,每次听到乔治的声音便大声说:"谁喜欢我的黑面包?我的黑面包能和上帝的美味相媲美。"乔治会马上放下那个破足球回答:"当然是乔治最喜欢。"

捧着黑面包,乔治坐在格林太太面前,吃得津津有味。格林太太家的院子很大,青草低矮茂密,最适宜踢球了。可乔治家很穷,买不起足球;别的孩子踢球,也从不会叫上他。喜欢足球的乔治只好让妈妈用布缝了一个袋子,里面塞上些羽毛和旧报纸,一个人在格林太太的院子里踢。

格林太太已经八十多岁了,双目失明。听着乔治在院子里踢球,她总是说:"乔治,我虽然看不到,可我知道你将来一定能成为足球明星。"、"真的吗?"乔治快活地问。"当然是真的。"格林太太回答,"以前有个像你一样的小男孩,他现在都是足球教练了。"乔治得了鼓励,更加卖力地踢球。

一天,乔治抱着足球过来玩。格林太太摸出一副假牙和一张5美

元的钞票对他说:"帮我把假牙拿到约翰先生的诊所,让他做一副同样的新假牙。以旧换新,5 美元应该够了吧? 上帝在天堂里为我准备了许多精美的食物,没有一副好假牙可不行。"、"您什么时候去天堂啊?"在乔治看来,去天堂就像一次美妙的旅行,要知道,他只有 7 岁。"快了,我听到上帝做饭的声音了。"格林太太笑着说。

乔治直奔约翰的牙科诊所。路上经过商店橱窗,看着那标价 25 美元的足球,他心里一阵痒痒。他已攒了 15 美元,再攒 10 美元就可以买到心爱的足球了。可到了诊所后,约翰却说:"5 美元以旧换新,那可是 20 年前的价钱了,现在要 20 美元。"乔治愣住了。20 美元? 他虽然小,却知道格林太太和他一样穷。要是让她知道这假牙要 20 美元,她一定不会换新的。可如果换不了新假牙,她在天堂里就吃不到上帝为她准备的美味了。乔治想跟约翰说点什么,可约翰急着给病人诊治,没再理睬他。乔治呆愣了很久,然后慢慢走回家,将攒了半年的 15 美元拿了出来。

三天后,乔治替格林太太取回了假牙。格林太太戴上后,十分满意,她对乔治说:"这个世界也像天堂般美好。我今天特意多烤了些黑面包,你要不要吃两块? 我的黑面包,能和上帝的美味相媲美。"那天下午,乔治和格林太太一起品尝了黑面包,直到天黑才回家,格林太太还特意装了一个让他带回去。回家后,乔治和妈妈掰开黑面包,发现里面有一个锡纸包,包里有一枚镀金纽扣。乔治打电话给格林太太,说黑面包里吃出了一枚镀金纽扣。格林太太笑着说:"喜欢那枚纽扣吗?我快要去上帝那儿吃晚餐了,那枚纽扣,你一定要替我送给我的侄子保罗。到时候,他会有好运带给你。"

格林太太的预言很准,没过一个月,她真的去世了。乔治并不悲伤——格林太太是去品尝上帝的美味了,应该高兴才对。不过,他还有一件更高兴的事——保罗来参加格林太太的葬礼,当他看到乔治手里的纽扣时,一下子掉下泪来。保罗说这枚纽扣是他小时候的,格林太太用黑面包将他养大,他还没来得及为她做些什么,她竟然就走了。不过,她生前给他打过电话,告诉他有个天才的足球小明星,叫乔治。而保罗,正是格林太太提到的足球教练。

临走时,保罗给乔治留下了一个足球,以及他的电话,保罗告诉乔治:"等你觉得踢得足够好时,给我打电话。"从那以后,乔治每天都和伙伴们踢球,慢慢地竟成了小球王。格林太太的预言再次被证实,没过几年,乔治便成了少年足球明星。有人说,等他再长大些,一定会成长为另一个罗纳尔多式的"外星人"。

智慧博客

"这个世界也像天堂般美好"。如果我们的内心就是一个花园,人生的哪一天不是最美的花季呢?如果我们的内心春风洋溢,人生的哪一个时候不是最好的春天呢?永远为一个目标努力,未来就会像天堂一样美好。

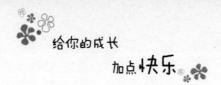

世界上最温暖的拥抱

米 飞

1845 年,在彼得堡一间简陋小屋内,一个 24 岁的青年写完了处女作的最后一笔,在决定投给哪家杂志社时,他犹豫了。

这位目光忧郁的青年生于医生家庭,住在古老莫斯科最凄苦的地区,人们称这里为"穷人之家"。他从小命运坎坷,15 岁时,母亲因肺结核去世;两年后,父亲被人杀害在田野里。长大后,为了文学,他辞去公职,生活极度困窘,交不起房租,食不果腹,而严重的癫痫病,更是折磨了他一生一世……

这部处女作与其说是小说,不如说是他和世界上所有穷人的一部受难史!

在朋友的鼓励下,他去见《祖国纪事》的编辑、大名鼎鼎的诗人涅克拉索夫。他忐忑不安,和涅克拉索夫握了握手,放下书稿便告辞了,几乎没有说上一句话。

那晚,他去远方的朋友家,和朋友谈论了一夜《死魂灵》,试图摆脱内心的惴惴不安。他回到家时已经凌晨四点了,难以入睡,便坐在窗边。突然,门铃响了——这么晚了,是谁呢?

一打开门，两个人猛地扑过来，狂热地拥抱起他来——是那种让人喘不过气来的拥抱！两个人眼睛都湿漉漉的，差点要哭出声来。

来人正是涅克拉索夫和格利戈罗维奇。原来，他们是在昨晚开始读那些稿子的。"读十来页就可以看出来了。"涅克拉索夫说。可是，读完了 10 页，他们决定再读 10 页，一个人念累了，由另一个人接着念下去，他们就这样马不停蹄地读了一整夜，直到第二天晨光初现。读到主人公和孤女诀别的那段文字时，涅克拉索夫再也支撑不住，用手掌拍打着原稿："啊，这家伙真是！"此时，两人都已泪流满面。读完了全部手稿之后，他们异口同声地大叫起来："我们去找他！我们叫醒他，这可比睡觉重要！"

这些孤僻敏感的人此时热情似火，口若悬河。他们在一起大约呆了半个小时，却不知道说了多少话，一边还夹杂着叫喊。他们谈诗歌，谈真理，谈果戈理，更主要的是谈别林斯基。"我今天就把您的小说拿去给他看，您就会知道——他是怎样一个了不起的人！他有着一个怎样的灵魂！"涅克拉索夫热情地说着，用手摇晃着年轻人的肩膀，"好啦，现在您睡吧，睡吧，我们走了，明天您上我们那儿去！"

涅克拉索夫当天就把原稿带去给别林斯基看了，并称："新的果戈理出现了！"

"您以为果戈理长得像菌子一样快吗？"别林斯基揶揄道。

当涅克拉索夫晚上再去找

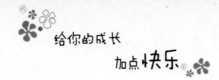
他，一向冷静的批评家激动得不得了，他叫道："请他来，快点请他来！"

第二天，青年与这位伟大的批评家相见了。

别林斯基眼睛发亮，连珠炮般地说着话："您自己知道不知道，您写了什么？"他重复了好几遍，然后滔滔不绝地谈着作品的成功："您会成为一个伟大的作家！"

就这样，陀思妥耶夫斯基和他的《穷人》轰动了整个文坛。那几个白天和夜晚，俄国的大诗人、大批评家为发现了一个天才而沉浸在狂喜之中，他们毫不保留地给予了他最热烈、最深沉的爱，就像一个母亲把初生的婴儿捧在自己暖烘烘的胸脯上，给他以世界上最温暖的拥抱。

多年后，陀思妥耶夫斯基仍满怀深情地回忆起那个夜晚温暖的拥抱："我十分清楚地记起了这一刻，以后也永远忘不了它。这是我一生中最美好的一刻。我在苦役期间想起这一刻，精神就得到了支持。"

智慧博客

有时拥抱并不一定是牵挂，并不一定是分别时的依恋。旅途中的思念、雨来时的急躁、风停后的等待、无法割舍的关怀、绵绵不绝的爱，尽在这温暖的一拥之中，这一拥或许是生命最本质的温暖。

最最奇妙的鸡蛋

[德]海因里希·海涅　韦苇　译

　　早年,有三只母鸡,整天叫呀叫呀,吵个没完。她们吵些什么呢?原来是比谁最漂亮。

　　说起来,三只母鸡各有自己值得自豪的地方:阿圆的羽毛好看,阿蒂的腿长而有力,阿莫的冠子开得像一朵红花。

　　她们都争着说自己是最漂亮的,谁也不服谁,于是她们只好去问国王。

　　国王说:"长得好看不好看并不重要,重要的是看你们都会做什么? 你们三个哪个能下出最最奇妙的蛋,我就封谁当公主。"

　　这下,皇宫的庭院里就热闹了,因为全国的母鸡都到皇宫里来看热闹了。

　　阿圆用嘴梳理梳理羽毛,蹲在草地上。过了一阵,她"咕答"叫了一声。这时,大家都看到草地上立着一个蛋,白白净净,就像磨得光洁圆润的大理石一样发亮。

　　"这是我见过的最完美的鸡蛋!"国王说。所有母鸡都赞成。

　　现在看阿蒂的了。大家心里都为阿蒂感到难过,因为阿蒂不可能

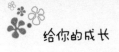

生出一个更完美的蛋了。过了 10 分钟，阿蒂"咕答"叫了一声，站起来，在早晨和煦的阳光里，她得意地舒展腿脚。国王高兴得拍起巴掌来，因为草地上立着一个高高大大的蛋，大得连鸵鸟看了都要羡慕。

"这是我见过的鸡蛋中最大的！"国王叫起来，大家也都点头赞成。

当大家对阿蒂的蛋赞叹不已时，阿莫轻轻地在草地上蹲了下来。过了一会儿，阿莫轻轻"咕答"了一声，站起了身。

哟！

这蛋，就算过一百年也忘记不了。在众母鸡面前立着一个四四方方的蛋，棱像用尺画的一样直，每一面颜色还各不一样，看起来非常鲜艳。

"这是我见过的蛋中最出彩的！"国王高声说出他的意见。大家没有不

点头赞成的。

三个蛋,一个最完美,一个形体最大,一个方得出奇,选哪一个为"最奇妙的"?国王只好决定阿圆、阿蒂、阿莫三个都当公主。

从此以后,她们三只母鸡成了最要好的朋友。她们继续快快乐乐地生蛋。她们依然各下各的蛋:

下美的蛋,下大的蛋,下方的蛋。

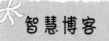

智慧博客

　　每个人都不是天使,但是每个人都分享了天使的光辉,红色妖娆惊艳,蓝色忧郁沉闷,每朵花都有自己的名字,每朵花都有自己的芬芳,大家都是美丽花园中的佼佼者,何必要"争奇斗艳"呢?

　　西北风往往会带来来自北极和西伯利亚的寒潮,每次寒潮袭来,都会给我国北方的大部分地区带来一次大幅度的降温和降雪等天气。

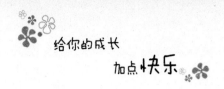

要生活得写意

[法]蒙 田

跳舞的时候我便跳舞,睡觉的时候我就睡觉。即便我一人在幽美的花园中散步,倘若我的思绪一时转到与散步无关的事物上去,我也会很快将思绪收回,令其想想花园,寻味独处的愉悦,思量一下我自己。天性促使我们为保证自身需要而进行活动,这种活动也就给我们带来愉快。慈母般的天性是顾及这一点的。它推动我们去满足理性与

欲望的需要。打破它的规矩就违背情理了。

我知道恺撒与亚力山大在活动最繁忙的时候，仍然充分享受自然的、也就是必需的、正当的生活乐趣。我想指出，这不是要使精神松懈、而是使之增强，因为要让激烈的活动、艰苦的思索服从于日常生活习惯，那是需要有极大的勇气的。他们认为，享受生活乐趣是自己正常的活动，而战事才是非常的活动。他们持这种看法是明智的。我们倒是些大傻瓜。我们说："他一辈子一事无成。"或者说："我今天什么事也没有做……"怎么！您不是生活过来了吗？这不仅是最基本的活动，而且也是我们的诸活动中最有光彩的。"如果我能够处理重大的事情，我本可以表现出我的才能。"您懂得考虑自己的生活，懂得去安排它吧？那您就做了最重要的事情了。

天性的表露与发挥作用，无需异常的境遇。它在各个方面甚至在暗中也都表现出来，与在不设幕的舞台上一样。我们的责任是调整我们的生活习惯，而不是去编书；是使我们的举止井然有致，而不是去打仗，去扩张领地。我们最豪迈、最光荣的事业乃是生活得写意，一切其他事情，执政、致富、建造产业，充其量也只不过是这一事业的点缀和从属品。

我嘛，常常旅游消遣，安排得倒不赖。如果右边景色不佳，我便取道左边。如果不宜于骑马，我便停下不走。这样一来，我实际所见的，无一不如我家一样有趣，一样赏心悦目。我漏掉了什么东西来不及看吗？那么我就折回去。反正是我自己安排的行程。我没有预定的路线，笔直的路线或弯来弯去的路线都没有。人家曾向我提及的东西，我所到之处，是不是都接触到了呢？往往有这样的情况：别人的看法与我

自己的看法并不相符，而且我常常觉得，他们的看法是错的。我并不为自己花的力气而可惜：因为我到底弄清了人家的说法并不真实。

我性情随和，兴趣广泛，和世人没有两样。别的民族的不同生活方式，正因其多彩多姿而深深打动我。每一习俗都自有其道理。无论用的是锡盘子、木盘子或陶土盘子；食物无论是煮或烤；不管下的是牛油、胡桃油；不论冷盘或热食，我都视之如一。

正因为这样,临老了,我便抱怨起我这种豪放的吸收力来。我需要美食以改变我不辨精粗的胃口,有时也为了免得增加肠胃负担。我在国外的时候,人家出于对我表示礼貌,问我要不要吃法国菜,我是不领情的,我总是到外国人最多的餐桌就座。"一个有良好教养的人应该是一个多见世面的人。"这话说得再好不过了。

我出门旅行是因为对自己的生活方式感到腻烦。我到了西西里就不去理会加斯尼科人(在家里的加斯尼科人已经够多了)。我要会的是希腊人,波斯人。我和他们打交道,考察他们。我融合到他们当中,在他们身上花力气。而且似乎我所见的习俗,大体上都是可以和我们自己的习俗媲美的。当然,我的探奇还不深入,因为我离自己的家门不算太远。

智慧博客

如果你的兴趣爱好多种多样,那么这是一段忘乎所以、乐不思蜀、整个身心沉浸其中的时间,安排出你自己的喜好,能从中寻求到无限的乐趣,从程式化的生活中释放压力,还生活以真实的面目,为日常生活注入新鲜的活力。

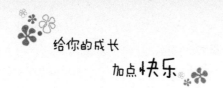
一身烹饪绝技，
5岁男孩变食神

郑 翡

美国男孩朱利安·克伦瑟今年只有5岁，但他却拥有一流的烹饪技术，甚至主持了一个烹饪节目，成为美国红极一时的"食神"，并在全世界都拥有大量粉丝——

3岁男孩爱上厨房

2003年，朱利安·克伦瑟出生在美国俄勒冈州波特兰市，他的父亲本·克伦瑟和母亲克莉丝汀都是美食爱好者。2006年，朱利安3岁了，他是个精力旺盛的小家伙，他特别喜欢看着爸爸展示厨艺。当煎锅里的热油发出声时，朱利安会屏气凝神去听;当本抛起一块煎饼的时候,朱利安会咯咯大笑。

一次,克莉丝汀准备做三明治当晚餐。准备好馅料后,克莉丝汀出去了一下。等克莉丝汀回来,厨房里发生的一幕让她惊呆了:馅料被弄得满桌子都是,面包片被切得奇形怪状,朱利安脸上全是色拉酱,手里却捧着一块三明治吃得正香。

克莉丝汀捡起朱利安制作的异形三明治,她发现切片很整齐,里面的馅料一应俱全:火腿片、金枪鱼块、色拉酱、芝士片、甜椒、洋葱、生菜叶,一切都搭配得非常完美。

"亲爱的,你能做一个三明治给妈妈吗?"克莉丝汀请求道。朱利安爽快地答应了,他从桌上拿起一块面包,用小刀切掉边,撒上甜椒和洋葱,铺上生菜叶、芝士片,放上火腿,淋上色拉酱……很快,一个三明治就出炉了。

从此以后,朱利安就爱上了厨房。

5 岁主持人的厨房秀

在本的不断鼓励下,克莉丝汀决心让朱利安去尝试烹饪。众多的配料在朱利安的"胡乱"搭配下会变得非常美味。

朱利安的好手艺很快得到了本和克莉丝汀的朋友们的肯定。一次,当地电视台的"23 频道"要推出一档新的美食节目,本作为制片人发起愁来。"为什么不让朱利安试试,我觉得他比任何明星都适合!"助手提议道。

晚上,本和朱利安商量。朱利安答应了。不过,小家伙还有个要

求，他不喜欢去电视台，因为那会让他没有食欲。他要在自家的厨房，让妈妈陪伴着他。2008年4月，经过紧张的筹备后，一档叫《有食物的大厨房》的烹饪节目上线了。第一期录制时，为了不给朱利安制造紧张的情绪，整个录制现场只有四个人：主持人朱利安、摄影师本、剧务克莉丝汀，朱利安两岁多的妹妹爱娃则负责灯光照明。

"在今天的《有食物的大厨房》节目中，我们将制作巧克力片、南瓜松饼……"朱利安那稚嫩的声音传播出去，很多无意中调到这个台的观众，都饶有趣味地看起来。第二天，本就得到了一个鼓舞人心的消息——节目收视率位居前列。

小食神充满童真

5岁的朱利安给了观众全新的感受。他毫无负担地主持节目，不系围裙，总是穿着颜色亮丽的T恤衫站在灶台后，在大快朵颐后还舔舔手指。朱利安从来不背台词，他只说出自己真正的想法，随心所欲地发表意见。他新鲜的主持风格让收视率飙升。很快,朱利安主持的这档烹饪节目就成为波特兰市收视率最高的王牌节目,他也成为美国年龄最小的"食神",《纽约》杂志等媒体纷纷对他进行报道。与此同时,《有食物的大厨房》也通过网络迅速传遍世界,短短数月,朱利安成了名人,从东京到莫斯科,到处都有他的粉丝。

风头出尽的朱利安也得到了出版商的青睐,他们希望能帮他出一些烹饪类的书,题目就叫《我的大厨房》。有人问朱利安是不是长大后想成为一名"食神",他瞪着大眼睛想了半晌,然后调皮地耸耸肩,说:"我还没想好,等长大了再决定好不好?"

智慧博客

天赋总是让人感到不可思议、难以理解。拥有某种天赋的人沉浸在某种独特的魅力中,连闭上眼睛都看得见在天赋引导下的有色漩涡,它带给人的是生存之姿,是美丽的存在。

高山湖泊的形成多半是地壳运动的结果,还有一些是在火山喷发之后,在火山口处积水而形成的高山湖泊,总之,在大自然的鬼斧神工下,神奇的景致可谓比比皆是。

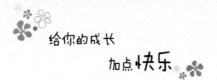

会唱歌的葡萄架

兰 洋

巨人卡布斯呆呆地坐在葡萄架下的摇椅上,没有月光,看不清他的脸,只听得一两声浓重的叹息。就在刚才,卡布斯收到矮人鲁玛的一封信,信上说,他被大石头砸成重伤,就快活不下去了,请卡布斯去见他最后一面。

鲁玛是他最好的朋友,听闻噩耗,卡布斯一屁股坐在地上,心像被狠狠地扎了一下。他恨不得长出一双翅膀,飞过大山去。可是,他知道,自己必须努力地平复情绪,因为不能让鲁玛看到自己哭泣过。

卡布斯决定，在见到鲁玛的时候，一定不哭。他还要给鲁玛带去一大篮新鲜的葡萄。他怎么会不记得，鲁玛最爱吃葡萄呢？卡布斯还会向鲁玛保证，绝不再和他吵架，甚至，如果鲁玛还想要葡萄园旁边的那片空地，卡布斯也不会再拒绝，一定送给他。

噢，可怜的鲁玛！卡布斯想到活蹦乱跳的矮人朋友，此刻正憔悴地躺在病床上，他的眼泪又流了下来。平静了一会儿，卡布斯红着眼睛，挎着装满葡萄的篮子出发了。翻过一座大山，穿过一片开满鲜花的丛林，卡布斯走到河边，在一幢红漆屋顶的小木屋前停下来。

"嗨，卡布斯！"矮人鲁玛正站在梯子上挂玉米，看到老朋友，他微笑着打招呼。卡布斯简直不敢相信自己的眼睛。他大步跑过去，张开双臂，紧紧地抱住鲁玛："你没事，真是太好了！"卡布斯喃喃地说着，最后，他忍不住号啕大哭。鲁玛被卡布斯抱得快无法呼吸，只能呆呆地望着他，不知道发生了什么事。

"可是，你为什么要骗我？"卡布斯忽然抬起头，抹了一把鼻涕，愤

愤然地指着自己红肿的眼睛说，"你知道我为你流了多少眼泪吗？"

鲁玛有些震惊，他感到这件事不太寻常："卡布斯，究竟发生了什么事？"

卡布斯取出信来给鲁玛看。鲁玛不禁瞪大了眼睛，他告诉卡布斯，虽然字迹很像，可是，这封信并不是他写的。卡布斯这才意识到被骗了。

"这个浑蛋，我一定要揪出他！"卡布斯咆哮起来，不过，他并不太生气，因为，鲁玛看上去那么健康，还是好好的。

这天傍晚，告别了鲁玛，卡布斯回到家，眼前的情景令他大吃一惊。葡萄园里，凌乱不堪，一大半葡萄被摘走，秧苗被扯得快要断掉，地窖里几瓶陈年的葡萄酒也不见了。卡布斯哭丧着脸，回想着整件事的来龙去脉。噢，他明白了，他中计了。

"可恶！"卡布斯咒骂着，那个坏家伙竟然利用鲁玛来欺骗他。

卡布斯开始仔细地在葡萄园里寻找线索，他发现了一串串脚印，还有几根红色的头发，一小块被刮破的衣角。他问邻居们是否看到可疑的人影，迪特先生告诉他，红头发巨人巴沙好像来过。道谢之后，卡布斯带着证据赶到了警察局，把事情的经过详细地说了一遍。警官查理严肃地表示，一定要把坏蛋缉拿归案。卡布斯点头离开了。

这天晚上，卡布斯望着月亮，感慨良多。他当然忘不了在看到鲁玛平安无恙的那一刻，自己整个人都雀跃不已。此刻，他想，眼前的一切都要珍惜，不然就会有后悔和遗憾。还好，一切来得及。他长长地舒了口气，决定好好和鲁玛相处，不再吵架，不再吝啬……

忽然，卡布斯听到不远处有一阵轻微的响声。月光下，一个黑影

显露出来，那是红头发巨人巴沙。巴沙拿着一把刀，走向卡布斯，卡布斯吓得不敢说话，他觉得世界末日快到了！可是接下来的事让他大感意外。只见巴沙扑通跪下，将刀递给卡布斯，大哭起来："求你，杀了我吧！都是我干的！"

卡布斯被他的模样吓了一跳，他收起刀，忐忑地问："你为什么这样做？"

巴沙哭着说，他的朋友被石头砸伤，就快死去了，朋友非常喜欢吃葡萄，可是，穷困的巴沙没有钱去买，就想到了这个主意。巴沙还告诉卡布斯，偷去的葡萄，一部分换了些药品，剩余的就留给朋友了。最后他表了态，无论卡布斯怎么惩罚他都行，不过还得再给他点时间，因为他还想看朋友最后一眼。卡布斯心软下来了，又禁不住巴沙的哀求，便跟随他去了他朋友的家。

破旧的草屋里，传出一阵阵咳嗽声，卡布斯看到一个全身缠着纱布的伤者。他确实病得很重，重得连说话的力气都没有，只能望着巴沙流泪。

"别担心，你会好起来的！"巴沙走上前，挤出一个微笑。他帮朋友盖好被子，端起水杯，给他喂了一点水。

卡布斯看不下去了，他悄悄地关上门，退了出来。他被感动了，虽然巴沙做错了事，不过，他已经从心里原谅了巴沙。第二天，他撤销了

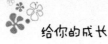
控告,他决定给巴沙一个重新改过的机会。

从那以后,卡布斯不再像以前那样,整天想着管理葡萄园、工作、赚钱……因为他发觉,还有更重要的事等着他去做,比如,多和朋友相处,在假日里去山那边看望父母。

晚上的时候,他还是习惯坐在摇椅上,摇啊摇,仿佛就能听见葡萄架在唱歌,然后,他笑了。

智慧博客

我们在时间的河流里是蠕行的,而不是飞跃的,当我们企图过多或目标太远时,或许就失去了那些最珍贵的情谊,无论何时何地,友情,都因为超越而变得崇高圣洁,都因为崇高和圣洁才有了分量。

百科探秘

山的山腰以下,郁郁葱葱,一片生机盎然的景象;山的顶部,白雪皑皑,银装素裹,宛若童话世界。这就是大自然留给我们的高山奇景,让我们不得不赞叹大自然的伟力。

杰克的礼物

[美]爱德华·费斯　朱孝萍 译

当父母告诉杰克,爷爷即将从工作了 40 年的公司退休时,杰克才上二年级。

活泼的杰克带着惊讶的表情说:"我只有 7 岁,那么,那意味着爷爷已经在那儿……"他想了一会儿,最后大惊小怪地叫道,"真的很长时间了。"

父母吃吃地笑着说:"是的,爷爷已经在那儿工作很长时间了,为此,我们准备举行一场家庭聚会来庆祝。"杰克非常爱他的爷爷,他想为庆祝会做一些特殊的事情。

杰克想起他爷爷在几年前给他的那张名片,它被插在自己卧室的木头镜框里。杰克爬上楼梯,走进房间,手里拿着那张破旧的卡片,他意识到爷爷已不再拥有那个职位了。有职位很好,他想。因此,他决定为爷爷创造一个新职位。杰克把自己的想法告诉了爸爸妈妈,他们都说这是一个绝妙的主意。

当那个重要的日子到来时,杰克已经准备就绪。礼品桌上放满了各种各样、大小不一的盒子,全都包装精美。杰克不想让他的礼物和

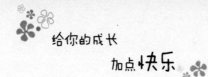

别人的混在一起,他要将自己的礼物亲手交给爷爷。因此,整个晚上,他一直把它带在身上。

　　他注视着爷爷打开其他礼物,每一次,爷爷都欣喜地"嚯嚯"或者"呵呵"大叫。杰克希望自己的礼物能成为爷爷打开的最后一件礼物。因此,那天晚上,当聚会接近尾声的时候,他牵着爷爷的手,领着他走到角落里的一把椅子前,让他坐下。

　　"我有东西送给您,爷爷。"杰克骄傲地宣布,同时递上了自己的礼物。

　　爷爷接过杰克的礼物,一把将他抱起来放在自己的膝盖上,郑重地问:"这件礼物包装得真美丽。我现在可以打开它吗?"

杰克热切地点了点头。

　　爷爷微笑着打开了包装,忽然,他的手颤抖起来,他的脸颊慢慢被泪水浸湿了——礼物是一张写着他新头衔的正式名片:全职爷爷。上面没有电话号码,也没有传真号码,因为现在所有的时间都是他自己的了；上面也没有办公地址，因为他的新职位不需要地址。杰克凝视着爷爷的眼睛，说："祝贺您退休。现在，您的全职工作就是做我爷爷！"

爷爷捏着那张名片，他一边擦着眼泪，一边半开玩笑地问："啊，你付给我多少薪水？"杰克回答："您每天想要多少拥抱就能得到多少拥抱。"

听了杰克的回答，爷爷忍不住给了杰克一个拥抱，他快乐地回答："我想，那意味着我将成为一个大富翁。"

智慧博客

岁月在流逝，空间也在不断的转换，随着时空的变化，许许多多的东西会被尘封和锈蚀，爱是我们生活中的上帝，爱让别人在你的怀抱中栖居，爱使我们享受种种欢快和来自心底的那份感动，爱是人生中的巨大财富。

地球的公转和自转都有其独特的规律。地球的自转产生了白天和黑夜的变化；地球的公转产生了四季交替的变化。而冬季特别冷，夏季特别热，这也是地球公转的杰作。但是有一点很值得注意，那就是在冬天的时候太阳离地球的距离要比夏天近！

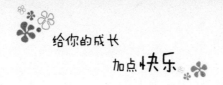

我有一个梦想

鱼夫人

女士们先生们，很高兴你们能来到北京为数不多的树林里聆听我的演讲。我演讲的标题是《我有一个梦想》。

我有一个梦想，梦想在各地的小吃一条街没有烤麻雀这道罪恶的菜肴。就在昨天，我几个表兄弟的尸体被摆在街道旁的炭火上，蒙受着讨价还价的口水。虽然眼下看来，达到这个目的还像"麻雀飞大海——没着落"，但只要我们联合绿色和平组织，持续努力，总有一天，那些胆敢把麻雀列入菜单的人会付出代价。

我有一个梦想，今后世界各国的词典关于气枪的解释中，不再有"可以打鸟"这样的废话。但在我们已经不是害鸟的历史性结论得出多年以后，我们的亲友还是不断被这种小口径的东西打下，这种残忍的现状必须改变。

我有一个梦想，未来的枪支带有一种软件，一旦瞄准鸟类，保险就自动锁死。虽然目前这种技术还是"麻雀饮水——干不了"，但终究有一天，科学家们会良心发现，分出脑细胞的若干分之一来做这件功德无量的大好事！

　　我有一个梦想。梦想有一天,喜欢炒作生态民居概念的开发商能够在楼盘空地上种几棵树,并拜托他们在树上安装几个鸟屋。

　　我有一个梦想,将来所有土地上的果实都返璞归真。迄今为止,已经有无法统计数量的麻雀因为胃部沉积了过多的农药而死去,我要说,这形同谋杀。希望人类能把田埂上麻雀的尸体当做环境危机的警报,那样,我的同类也算没有白白送命。

　　我有一个梦想,希望我的子嗣能像恐龙那样覆盖地球,我对于称霸不感兴趣,但也不希望永远在喧嚣的城市边缘苟延残喘。我有一个梦想,未来有一天,人们不再像今天这样只拿猛禽做图腾。给我们写

一首歌吧,"美丽的麻雀我爱你"之类的;给我们树立雕塑吧,主题是《睡在我上铺的兄弟》;和平鸽不妨休假一段时间,让我们这些遍布全球的小人物出面做和平使者吧,我们的兄弟遍及五大洲。我有一个梦想,这个梦想因为眼下种种不如意的生活境况而显得更加美好,不要觉得我是"麻雀吹球——好大的口气"。据说在远古的时候,有一个精卫填海的故事。改变我们的生活,就需要这种无畏的精神。

好了,时候不早了,听说李庄那里的虫子很肥美,我们一起去赴宴吧。

智慧博客

很多时候,人们都会陷入一种盲目的追求中而不知省悟,尽管麻雀弱小,但它们与整个丛林的生灵同在,繁茂的丛林不能复制,飞禽猛兽也不能拷贝,如果人类一意孤行,终会失去上帝赐予我们的朋友——动物。

百科探秘

X射线具有极高的穿透本领,可以透过许多对可见光不透明的物质。这种肉眼看不见的射线能使很多固体材料发出可见的荧光。

最高学位

王海椿

澳星电视台招聘节目主持人已接近尾声，录取名额是 4 个，有 10 名入围者进行最后角逐，已有 3 人入选，5 人被淘汰。还有 2 名选手，实力相当，只是一个是硕士，一个是本科。9 名评委已有 4 人同意选那位高学历的。另有近半数人倾向于低学历的选手，认为他表现得更自信。

这时，一直沉默不语的原教授说话了。原教授德高望重，他的意见将起决定性作用。原教授并没有急于表态，而是出人意料地讲了一个故事。

暑假时，原教授去一个小镇的朋友那里度假。那天他和朋友到镇上溜达，恰好碰到一个小艺术团来这里演出，地点就在镇中心的小广场上。一个女歌手正在唱歌，忽然一个傻子跑到台上，手里还捧着一朵不知从哪儿捡来的脏兮兮的塑料花。观众轰地大笑起来。这个女歌手没有舞台经验，一时不知如何应对，往一边闪了闪，自顾自地唱着。傻子站在舞台上，乐呵呵地笑。

到底是小团体，没那么多规矩，这时候主持人走了过来，微笑着接过了塑料花,握着傻子的手说:"谢谢这位朋友,谢谢这位朋友!"原教授由衷欣赏这个年轻人的应变能力。

傻子得到夸奖,得意地跑下台来。没想到的是,当那个女歌手再次上台的时候,傻子又跑了上去,捧着一大束刚采来的野指甲花、鸡冠花。

观众又一次哄堂大笑。傻子则在台上手舞足蹈,台下有人打起了呼哨。主持人上前来,示意歌手接过鲜花,他则面对观众说:"这是真正的铁杆粉丝,他将给我们的歌手很大的鼓励!"他还拥抱了一下傻子,似乎对傻子耳语了一句什么。傻子听完乐呵呵地跑下台来。

演出继续进行。傻子再没有上台去,而是安静地在台下看着,直至演出结束。原教授感觉这是个有智慧和修养的主持人,给傻子以常人一样的尊重,没有一点讥笑的成分。但如果傻子一而再、再而三地上台,会严重影响演出效果,使演出变成一场闹剧。

演出结束,他看见主持人走到傻子身边,牵着傻子的手,向马路对面走去。他们进了一家小餐馆。

原教授很好奇,跟了过去,作了自我介绍,对他的主持表示嘉许。年轻人的脸微微泛红了,他说自己今年刚大学毕业,主持节目还不成熟。原教授问他是怎么使傻子不再上台的。他说:"我在他的耳边说:'送花只送一次就够了,送多了会被人笑。听我的话在台下听歌,结束了我请你去吃好东西……'尽管他是傻子,我还是要兑现我的承诺,不然就是欺骗。"

原教授讲完了,顿了顿,然后才说:"这个学历低的选手就是我在小镇上遇到的主持人。"

两年后,年轻的主持人偶然得知自己被录取的内幕,专程跑到原教授家道谢。原教授说:"对人生来说,爱是最高的学位!你自己给出了最好的答案,不用谢我。"

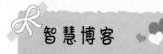

智慧博客

学历是就业的敲门砖,一纸黑字打败一切风华正茂的有识之士,许多人苦苦敲门却无人应答,这种社会筛选精英的习惯扼杀了一部分人的奋斗激情,我们应该清楚只有能力才能使人立于不败之地,只有心中充满爱才能走向成功。

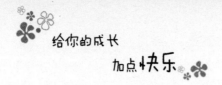

莫扎特幸亏没长大

余泽民

读莫扎特的传记,有一个细节让我笑喷了。1777 年 12 月 3 日,莫扎特给表妹写了封信,内容是这样的:"亲爱的表妹,在我坐下写信之前,先去了趟茅房。现在,已经解决了。我感到轻松无比!心里一块石头落了地,我又可以填满我的大脑了……如果你闹肚子,抬腿就往厕所跑;如果你憋不住,那就拉到裤裆里……代我向我们的朋友们致以比臭屁还要臭的问候。"笑罢,我好奇地查了一下莫扎特的生日,当时他已 21 岁,不再是小孩子了。

实际上,莫扎特一辈子都没长大,一辈子都是顽童之心。他喜欢跳舞、骑马、击剑;他喜欢打扮,以弥补自己不算英俊的相貌;他贪图热闹,嗜好

养鸟,甚至还教八哥唱歌;他爱讲粗话,搞恶作剧,身上总有释放不尽的能量。他是个幼稚和细腻,粗莽和高雅,鄙俗和不羁,快乐和忧伤相混合的天才和矛盾体。

莫扎特的好友卡罗林·皮希勒在回忆录中记述了一个生动的情节:"一天,我坐在钢琴前弹《费加罗的婚礼》,莫扎特悄悄走到我身后。他对我的演奏颇为满意,禁不住跟着轻声哼唱,还用手指在我肩上打拍子。忽然,他拎过一把椅子坐到我旁边,让我继续弹低音,他则即兴弹了一段优美的变奏。每个人都屏息静气地倾听这位乐神指下流淌出的曲调,但他突然感到厌倦,跳起来,陷入那种经常发作的神经质——翻过桌子,跳过椅子,像猫咪似的喵喵怪叫,还像顽劣的孩子一样翻筋斗。"

假如心理医生看到这个场景,肯定会把他诊断为"多动症"或"幼稚症",但问题是:多动解释不了他演出的专注,幼稚解释不了他艺术的智商。对他来说,音乐似乎并不是谱出来或演出来的,而是跟打嗝儿、放屁一样自然而然的生理产出,他将内心的欢娱以及内心渴望的欢娱一起表现在他的音乐里,哪怕是在他最贫寒、最落魄的时候。

莫扎特5岁作曲,6岁为女皇演奏,11岁创作歌剧,少年时代就已扬名欧洲。假如他没有贪爱自由的童心、无视权贵的幼稚和渴望游走的好奇心的话,那么还会有来自天堂的莫扎特音乐吗?许多人把莫扎特的幼稚说成是他的"美中不足",其实不然,正是这种幼稚造就了他的美。世俗意义上的成熟者,不会辞掉宫廷乐长的职位去维也纳受穷,不会在悲凉中写出《魔笛》这样美妙的乌托邦神剧,不会在孤独中让美好与光明的洪流如此汹涌。莫扎特幸亏没有长大!

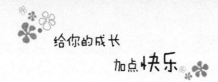

给你的成长
加点快乐

不久前，德国一家画廊展出了一幅最新发现的莫扎特肖像。画布上的男人苍白微胖、皮肤松弛。这幅肖像作于1790年，即莫扎特逝世前一年。专家估计，这是莫扎特生前最后一幅肖像。但无论科学家运用何种高科技手段进行了鉴定，我仍不相信，准确地说是不肯相信。在我印象里，莫扎特永远是印在巧克力球金纸上的那张肤色红润、眼大有神的娃娃脸，永远是那个戴着白色假发、永远长不大的天真孩子。也唯有这样的孩子才会在给母亲的信中写下这样独一无二的祝福话语："晚安，妈妈。祝您在床上放一个响屁！"

智慧博客

思维是无形的，因为与众不同所以独特，因为有独特的想象思维，所以能创作出惊艳之作，如若轻易地改变则会磨平创作的光辉，泯灭才能的独创性，成功正是在这样的新奇思维中孕育成长的。

百科探秘

春季，来自海洋的季风携带来大量的水汽，在内陆遇到冷空气后形成雨滴降落下来，这种来自海洋的季风不断涌入内陆，气温也随之不断地抬升，所以会出现"一场春雨一场暖"的现象。

青春就是"折腾"

小 五

青春期在我身上显得特别漫长,于是我妈总说,因为我的叛逆,我的毕业让她心怀不满和恐惧。可一转眼,我毕业两年了,我逐渐明白,其实青春,就是"瞎折腾"!

毕业找工作是因为受不了老妈对我考研的热切期待与没完没了的唠叨,她曾威胁我说如果我继续在家"宅"就托人给我分配工作。为了做上自己喜欢的事,我只"宅"了半个月就开始大张旗鼓地找工作了。

我的简历只有一页纸,因为我听说HR(人力资源)没耐心看完像小说一样的简历,可我却很滥俗地花血本100块钱照了当时很流行的"完美证件照"。

敲门,微笑,小心翼翼地环视四周——所有人都在忙,只有一个民工模样的人坐在椅子上一边喝水一边注视着我。

"你是来应聘的?""民工"发现我手里的简历,抬头问我。

我点头,但没出声。

"我看看你的简历!"他伸出手,命令似的对我说。

话音刚落，另一个房间走来一个人，径直走向"民工"，恭恭敬敬地说："王经理！"

这是我第一份工作，在一家小广告公司做小文案。经理加上后来的我，一共只有6个人！两个月后，我妈放松了对我找工作的警惕，于是我火速辞职，毅然打"飞的"寻梦去了。

站在乌鲁木齐地窝铺机场，我被太阳晒得睁不开眼睛，突然闻到了一股浓郁的烤羊肉串味，耳边开始有人豪迈地喊"来撒……"，机场大厅用维汉两种文字写着："美丽的新疆首府乌鲁木齐欢迎您！"

当我坐在五月花抓饭店里欣赏新疆歌舞享受美味时，我惊讶地发现，由于跑得太快，除去机票以及25块钱的抓饭外，我只剩下1 475块钱啦，这是借我爸的并打了欠条，是我在消费水平与北京等同的乌鲁木齐的全部现金。

"你撒都不用带，带哈？你人过来就行！学位证、毕业证撒都不需要！"公司前台用新疆普通话这样在电话里说。

我按时到达位于乌鲁木齐市区繁华地段某楼21层的公司门口，填完前台递给我的那张A4纸大小的应聘表之后便开始做一沓试卷。题目并不难却很考查能力。

我终于领悟到为什么公司不看学位证、四级

证及毕业证了,对一个广告公司来说,创意、能力远比学历更重要。

和董事长的面谈很简单,涉及面很广:我的优缺点,兴趣爱好,最喜欢的电影、名人,以及来乌鲁木齐应聘的原因等。

这是我的第二份工作,在一家大广告公司做小文案。我曾为了大客户的创意挑灯夜战,为了提案 N 小时喝不了一口水,为了月全勤奖的 50 块钱高兴半天,一次次被客户的电话从仅有的休息日闹醒回公司加班。

四个月之后,我们的创意团队获得了中国广告节西北区仅有的两座金长城奖。

8 个月后,一个人离乡背井远离父母的生活让我彻底成长了,不忍每通电话里坚强如我妈那样的人一个劲地抹眼泪,我又打"飞的"回来了。

毕业两年,逐渐将经历磨成了一面镜子,我的生活都在里面,有青春,还有回忆。

毕业两年,我终于明白,过去不懂世界,是因为不懂自己。

智慧博客

青春就是不断尝试,是失败与成功的互动,在无数次锻炼中成长。青春之所以幸福,是因为它有前途,有大胆的渴望和不倦的思索。在勇敢地经受青春之火的洗礼以后,我们将毫不惧怕晚年的严寒霜冻。

善良的味道

总在幸福不远处

刘　姣

难得拥有一下午的清闲，关掉手机，独自一人来到学校的通幽亭，希望能给浮躁的心一次原始而纯真的洗涤，也希望疲劳的自己能抓住这呼吸的间隙。

站在亭子中间，照书上所说，张开双手，闭眼深呼吸，心情便真的开始平静了，一如飞鸟飞过的天空，清晰明朗，毫无曾经波涛汹涌的痕迹。

睁开双眼，我竟意外地发现手心里静静躺着翅膀形状的法国梧桐落叶，不禁惊喜地笑了。

又是一个明媚的春天呢！

我不由得想起小学语文课本上写到的："秋天来了，树叶黄了，大雁往南方飞去了。"心便柔软起来。曾经，我还牵着邻家小男孩、小女孩的手漫山遍野地奔跑，或提着满篮子的野蘑菇追着夕阳的脚步。那个年代灿烂而稚嫩的笑声就这么毫无预兆地、潮水般地涌入大脑。嘴角不自觉上扬，心情也似受到感染般雀跃起来。

这就是儿时的幸福吧！

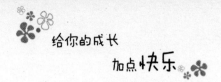

许是因为忙碌,现在的我已没了那份恬淡的心情。终日漠然行走于钢筋水泥之间,眼里似乎也只分辨得出灰色了。灰色的天空、云朵、建筑物,继而整个人也变得灰暗起来。

是因为忧愁吗?

辛弃疾说:"少年不识愁滋味,为赋新词强说愁。"我不记得幼年或是少年的我,是快乐多还是忧伤多,但那些现在还鲜活地跳跃在记忆里的是快乐无疑。那么已步入青年的我,现在的忧愁是为了什么呢?是因为心已疲劳,免疫力下降,受不得丁点刺激,脆弱得极易受伤吧。眼睛里却干涸没有眼泪,便只能将忧伤藏进骨子里。

有的朋友说在自己身边看不到幸福。走在满是法国梧桐落叶的街道边,茫然四顾,周遭是总在幸福不远处来来往往、行色匆匆的陌生人。在这浮躁的空气里,闻不到熟悉的味道,更无法奢望能有人为己驻足。

我想,这世上想要幸福的人太多,我们只能列队等候。也许很不

凑巧，你的幸福刚好就被排在某个你认为拥有幸福的人之后，无法让你看见，却马上就要到来。那么，不如静下心来好好过现在的生活，以最美丽的自己去迎接未来的路。

还记得高三的课堂，空气里充斥着高考来临前的压迫感，沉重得令人窒息。我经常独自一人站在阳台上，眺望远方球场上活跃的高一学弟们，忽然觉得有些东西注定只属于某个阶段，也必定会随着时间流逝不再回来。或无关痛痒，或痛彻心扉。

那些因为一个难题而抓耳挠腮的可爱；那些明明忙碌却还要挤时间争论"飞雪连天射白鹿，笑书神侠倚碧鸳"的任性；那些看见心仪的人，面红耳赤，小跑回教室独自雀跃的青涩，都永远地留在了那个特定的时段，见证永恒。

现在想来，紧张逼人的高中生活不也很幸福吗？其实所谓幸福就是这么简单的事。每个人的幸福都在自己的手指尖，在某个不经意的瞬间，或许会滑入手心停留，或许会从指缝间溜走。可是不管怎样，它都曾那么近地在你身边停留，便不再有不甘。

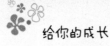

幸福是个博爱的天使,让每个人都得以生活在它的不远处,自主地选择快乐或者悲伤地寻找它的方向。

在这个明媚的秋日黄昏,我带着翅膀形的落叶快乐回归。即使仍将步入尘世喧嚣,前方那依稀闪耀的幸福的曙光,也就让我无畏了。

幸福的降临,或许在昨天,或许在今天,或许在明天。但幸福,一直都在我们身边。

智慧博客

　　幸福没有形状,它是一种感觉,如影随形;幸福并不只是巨大的成就带来的满足感,它是渗透在微小细节中的恬淡温馨;幸福永远像蜜一样,甜却不腻,幸福的感觉是无名的快乐,最让人留恋。

百科探秘

　　寒潮带来灾害的同时,也存在着一定的益处。农作物病虫害防治专家认为,寒潮带来的低温,是目前最有效的天然"杀虫剂",可大量杀死潜伏在土中过冬的害虫和病菌,或抑制其滋生,减轻第二年的病虫害。

善良的味道

毛宽桥

　　葬礼结束后,罗琳去办理了遗产交接手续,傍晚才回到母亲留下的那幢房子。看着院子里许久没有打理过的草地,她还是很难相信那个古怪的老太太就这样死了。接到母亲病危的消息后,她急忙地赶回古特拉镇,没想到刚好赶上葬礼。

　　母亲一人住在山坡上孤零零的房子里,平时也不与其他人打交道。镇上的人们私下都称呼她"古怪的威兰德太太",因为没人能明白她为什么能忍受这样的生活。

　　一次普通的呼吸道感染后,母亲患上一种奇怪的过敏性哮喘,几乎受不了任何刺激性气味,于是听从医生的建议,带着罗琳搬到了远离都市的古特拉镇。小镇清新的空气让她的病情有所缓解,但固执的母亲依旧按自己的意愿,将新家安置在远离小镇的山坡上。对死亡的恐惧时刻萦绕在母亲心头,因为担心别人身上会有令她致命的气味,她甚至不愿意和镇上的人来往。

　　孤僻的生活让母亲的性格愈发暴躁起来,她常常因为罗琳不小心带进家中的一些怪异味道而大发雷霆。没人受得了这种生活,所以

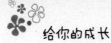

当罗琳收到大学的录取信时,才会毫无留恋地离开母亲。大学二年级的暑假,她带着男友回到家中,但母亲仅仅因为詹宁斯身上淡淡的古龙水味道就将他轰出门。这下彻底激怒了罗琳,她和母亲大吵一架之后连夜离开了古特拉镇,这一走就是十多年。

一阵低沉的敲门声让罗琳回过神来,她放下手中正在擦拭的花瓶,把门打开。"是威兰德小姐吗?"门外是个捧着鲜花的小姑娘,十二三岁模样,只是眼睛有些红肿。罗琳微笑着点了点头,注意到小姑娘左腿上的金属支架。

小姑娘发觉了她的眼光,不以为意地笑了笑,将手中的雏菊递了过来:"这是给威兰德太太的。"

"谢谢你,不过她未必喜欢。"话一说出口,罗琳就有些后悔,尽管母亲因花粉过敏而十分讨厌鲜花,她也不应该说出这些话来。

"我知道,"小姑娘哽咽着,"但我想为她做些什么。"罗琳蹲下去,说:"亲爱的,你肯定知道些我不知道的事,能告诉我吗?"

半年前,这个叫玛莎的小姑娘搬到在镇上经营杂货店的祖父母身边。两位老人的日子本来就不太宽裕,善解人意的玛莎就想到做兼职补贴家用。另外,她还希望能够悄悄攒下一笔钱,去州立医院治愈因为车祸而失去行走能力的左腿。尽管医疗费可能会高达数万美元,但她一直在为此努力着。

博德先生的鲜花在镇上并不受欢迎,因此玛莎打算去山坡上的那幢房子碰碰运气。她不知道那里住的就是"古怪的威兰德太太",所以满怀希望地摁响门铃。戴着厚厚口罩的老太太打量着玛莎,当然还有她手中篮子里的鲜花,然后冷冷地摇了摇头。

"你就这样从镇上走来的吗?"老太太叫住了正要转身离开的玛莎,指了指她腿上的金属支架,要知道这几英里山路并不好走。

玛莎开始觉得老太太并不像刚才那么凶,于是和她聊起来,顺便提起自己那个数万美元的梦想,只是一束鲜花才赚 50 美分,天知道要到什么时候才能攒够那笔钱。

"你和我的女儿很像,而且都很要强。"不知是不是因为这个,老太太提出订购一打百合和几朵小苍兰,唯一的条件是每天下午 5 点送到。

玛莎说到这里,已是泣不成声,扬起头看着罗琳:"威兰德小姐,一开始我并不知道您母亲的病情,有时还自作聪明地送她几朵波斯菊。我想,如果不是我这样做,事情根本就不会变得这么糟糕。"

罗琳看不出这个褐色头发、满脸雀斑的小姑娘和自己有半点相似。不过,她明白了,那个古怪的老太太并不是那样自私。怪不得患有

过敏性哮喘的母亲会死于呼吸衰竭，即便背着玛莎立即丢掉那些鲜花，日积月累下来接触的花粉也足让她致命了。

"亲爱的，这不怪你。这下，在我们都看不到的天堂里，她不就可以自由呼吸那些芬芳的空气了吗？"罗琳轻轻抱住玛莎，把头埋进手中的雏菊，深深地吸一口气，氤氲缭绕的香气铺散开来。罗琳知道，那就是善良的味道。

智慧博客

　　善良带有明亮不刺眼的光辉，它洗刷了偏激的淡漠，沉淀了申诉的困惑，留下的是那扇用心底的善良开启的明镜般的心窗。善良是温柔的枕头，总给人带来温暖与舒适，总给人带来一份迟来的感动。

百科探秘

　　冰雹就是我们俗称的"雹子"，一些地区还将它称为"冷子"，猛烈的冰雹会打毁庄稼，损坏房屋，还可能伤及人畜。

红肥绿瘦,知否

蒋方舟

　　"相貌修饰"是很多女生上高中住校以后所做的一件重要事情。在家里,即使孩子的相貌缺陷已经到了不孝的地步,父母还是会不负责任地进行蒙骗:"美得很,这样才健康,以后会变好的。"脱离父母后,没有人进行蒙蔽,美容就忽然被摆在了台面上。闻道有先后,术业有专攻,每个女生根据本身相貌的底子来选择主攻的项目:有人主攻减肥,有人主攻美白,我主攻瘦脸。

　　我一直认为我爸爸妈妈的年代是最幸福的年代,因为那时候的美女都有一张银盘大脸,我却生活在一个小脸时代。我小学的时候,曾有一首可怕的儿歌一直伴随着我:"大头大头,下雨不愁,人家有伞,我有大头。"这其实并没有给我造成多大的童年阴影,我反倒觉得拨浪鼓一样的身材比例颇为可爱。有一个同学给我念了一篇报道,说科学研究表明:史前的人择偶都会选择小脸,而未来人的脸比现在的人小30%。她无限惋惜地评论道:"你们这些大脸以后会被机器人集中销毁吧。"我便当头一棒地接受了"大脸"的定位。一年以前,我见过一个和我同龄的平面模特,我请她吃口香糖,她摆摆手说:"吃了脸会

大。"我那时觉得这个女的疯了，并广为散播这个笑料。而一年之后，我一见到人就会伸出一只巴掌，丈量别人脸的大小，并说："天哪！你的脸好小！"许多人躲闪不当，把我的美意变成了掌掴。我在和人正常对话的时候，一看到别人瞳孔里我的脸的映射图像，就会立刻激活强迫症："这道题确实应该这么解……那么请你郑重而诚恳地告诉我，我的脸是不是已经大到了让你不安的地步？"

高中军训的时候，我决定瘦脸。我以为瘦脸就是减肥，于是睡前的7个小时我都不吃东西，晚自习的时候安静的教室就只听我的肚子表演空谷传音。这招果然有效——对于脸以外的部分，军训打坐的时候我都摸出自己的肋骨了，很像壁画上面的释迦牟尼。但是脸却因为水肿而愈发的大了，所以当时我的整体形象很难下定义——是个很瘦的胖子。

瘦脸的第二个周期是局部瘦脸。我听说黛安娜王妃每天都拍打自己的脸颊，于是每个课间就开始噼里啪啦地拍自己的脸，觉得很像无良男主角的忏悔戏："我是个混蛋！我对不起你！"拍着拍着就会笑场。于是我就邀请我的同桌帮我打，结果有一次被老师看见，老师震惊地制止了她的行为。

现在,我仍热衷于尝试各种瘦脸方式,并勇于发明着。但实际上,我对于大脸并没有真正的惶恐了,瘦脸从一项事业变成了消遣和游戏。我不擅长棋牌,我不玩游戏机,我不迷恋发短信,我每天躺在床上总结一天的生活,那叫一个"也无风雨也无晴"。所以我的人生(至少是住校人生)需要一些浮动指数。看过《BJ单身日记》的人应该记得书中的女主角记下每天的体重,一年过后,她的体重和一年之前没什么变化,而途中我们却经历了那么多小小的惊险和小小的惊喜。当我看到许多明星为了瘦脸而吸脂而拔牙而削骨,我反倒觉得过了。不过是一场游戏一场梦,他们却用金山游侠修改游戏程序,直接通关看结尾动画。

就算我天生一张巴掌脸,我还是会在身上找其他的部位长吁短叹要死要活,因为每个高中女宿舍都是一间美容院,只有在里面自给自足地努力过一番(即使只是口头上的),让自己更美丽,走出美容院时才如此得意。

智慧博客

每个人做事情都会经历一个过程,也许最后的结果是差强人意,但是过程却总是难忘的经历。我们的人生就是一个生老病死的过程,一些所谓的"结果",也只是一个瞬间,与这个过程比起来反而微不足道了。所以,朋友,与其事事都求结果,倒不如好好地去感受过程。

招聘爸爸

祁军平

那天,我去邮局寄信。返回途中,街拐角电线杆上的一则招聘启事引起了我的兴趣:

本学生现紧急招聘临时爸爸一名。要求:本地口音,年龄三十岁左右,气质佳,有参加过家长会经验者优先,待遇 30 元 ~50 元之间。有意者拨打 139×××××××× 与本人联系。

我有一双儿女,女儿上初中,儿子念小学。我多次参加过家长会,口才甚佳,还是市作家协会的会员,年龄也相当,各项条件都符合要求。我想,"临时爸爸"非我莫属!

我立刻掏出手机拨打了电话。"临时儿子"经过一番简短的口试后,顺利聘用了我。原来,前天刚考完期中试,我的这个"儿子"分数在全班排名倒数第一,老师要求家长在会上发言。

和"儿子"排练一番后,我走进了××小学。我以前曾多次来这所学校参加家长会,可今天不同一般。我向老师和学生家长们作了深刻、诚恳且生动的检讨,毫无疑问,我发挥得异常出色,赢来了阵阵热烈的掌声。我突然发现自己具有演戏的天赋。

事后我揣起50元劳务费,急忙赶往儿子的学校。到了儿子的班级后,我正想从后门溜进去,却忽然听到老师讲:"下面请祁天的爸爸代表考试不及格的同学家长上台发言。"我正在迟疑间,突然看到儿子跟身边一位陌生中年男子小声说着什么,那男子点点头,站起身走上了讲台。

我仿佛一下掉进了冰窖,至今不记得那天我是怎么回家的。

智慧博客

孩子的欺骗或许出于无奈与害怕,却让他们失去了最初的童真,教育是需要谋略的。树默默的成长,而后我们看到它高大的模样,孩子的成长也是一样,还以其原本的方式,他们才能茁壮成长。

百科探秘

黑霜是相对于我们平时所见的白色的霜而言的,是一种比较直观的叫法。一般情况下,黑霜所带来的危害是非常大的。

待　兔

云　弓

那天，农夫经历了不可思议的一幕。

深山里，一条偏僻的小径，农夫看见一只兔子，看见它白色的身体、红色的眼眸。它不停地张望，直到看见农夫，确信农夫已经看见了自己。兔子没有表现出恐慌，这有点奇怪。它甚至有点兴奋，而且是一种如释重负般的兴奋。

农夫试图悄悄接近兔子，其实这一举动纯属多余，兔子根本就没有逃跑的意思。农夫也很兴奋，可是他无法

理解兔子的兴奋。

兔子奔跑起来，很激动、很有序地奔跑，没有半点惊慌。那是一种冲刺，终点是路边的一棵大树。

农夫看得很清楚，兔子做了个起跑的姿势，然后就瞄准了大树。它倒在树边，扭断了自己的脖子。

农夫捡起兔子，这意外的收获实在过于神奇了。

农夫回到村庄，邀来左邻右舍分享，分享兔肉和他的故事。

"别胡说了，"众人大笑，"世上绝对没有这样的事情，哪有兔子自己往树上撞的道理？"

农夫不停地解释，众人不断地摇头。农夫急了："这是真的，我从不撒谎。"

众人不欢而散。

兔子给农夫带来了不幸。有人说他是白痴，竟说兔子会撞树；有人说他不诚实，总说些不着边际的事情。农夫百口莫辩，他央求众人一起去树边见证："就是那棵树，树

上还有兔子的血迹。"众人一笑了之。

有好心人劝他:"你向大伙认个错,保证下次不胡说了,大家都会原谅你的。"农夫含泪拒绝了。

有人耻笑他:"我们相信你,再去捡只来啊!"农夫感到被羞辱了。

年复一年,农夫坚守在那里,眼睛熬得血红,须发尽白,只是想证明自己的清白,因为这比他的生命还要重要。日复一日,他常常陷入迷惑:那只兔子为什么会撞树?这真的让人无法理解。

渐渐地,他开始绝望了,也许他永远都无法证明自己的清白。直到有一天,他发现自己已经变成了一只兔子,他哭了。兔子仍然守在路边,它不再等兔子,它要等人。

终于有一天,远远地,它看见一个人走来,它兴奋极了,在确信来人看见自己之后,它做了个起跑的姿势,如释重负般地冲向了那棵树。

智慧博客

在现实生活中实话似乎并不美丽,谎言更加可信,因为谎言或许能把伤害降到最低,实话却能给人致命的一击。但是谎言终究是谎言,当被骗成为一种习惯,人们就会珍惜那来之不易的诚实。

窥见你粗砺成长的弧度

安 宁

朋友拍摄短片，我去帮忙挑演员。这是一部关于小孩子的电影，所以我们在一所中学门口摆出星探的 pose，等着放学铃声响起，从水泄闸一样涌出的 90 后里，挑选那些适合于不同角色的演员。

我们很快锁定了一个目标，是一个神情淡漠懒散的男生，书包带子快要耷拉到地上去了，却还浑然不觉，一个人兀自向前走着，有着不合群的孤单与骄傲，像极了朋友剧本里写的一个单亲家庭出来的

男生。

我穿过人群将他拦在门口。他刚跨上单车，见我一脸的笑，便停下来按一下铃声，代替询问。我像个骗子一样，拿出朋友的名片和剧本简介，说，我们要拍摄一个短片，想找演员，觉得你合适，不知你有没有兴趣？他将名片随意地丢在车筐里，而后淡淡扫了一眼剧本的名字和内容简介。他没有成人的客套，只用慵懒的语气回复我说，我看看再说吧。说完也不等我闪身让路，便绕过我，吹着不知曲名的口哨，混入人群之中。

不久，他突然打电话过来，也不问我们是否已经招满了，一副知道我们在等他的样子，说已经想好了，答应出演那个角色。

我有些为朋友担心，将这样一个重要角色给这个明显没有团队精神的男生，是不是一个失误；假如他拍了一半，便任性不再来演，或者即便参演，也漫不经心，那该如何是好？朋友却摇头，笑说，我看未必。

短片很快进入了拍摄阶段，我偶尔去探班，会看到那个被朋友叫做阿三的男生，在默记着台词，或者一个人对着镜子排练。

相对于其他男生的喧哗，他的安静让人有距离感。我很难想象朋友是如何要他将同一句话，在镜头前重复说上20遍，却始终没有一声抱怨；或者像另外一些男生那样，摔掉台词本，转身走人。

影片有这样一段情节，讲的是阿三所处的小团体为了各自利益，牺牲了其中一个朋友的名声，导致这个男生被学校开除，阿三在洗手间里朝这些所谓的哥们儿吼叫。不知何故，我与周围人皆觉得阿三已足够投入，嗓子几乎都哑了，但朋友始终觉得缺少了几分疼痛感，于是便让阿三一次次地重复着演。最后,这短短两分钟的镜头,竟耗费了一下午才通过。拍完时,周围人皆一脸怨忿,说差不多就可以了,又不是去拿什么国际大奖,不过是一个 20 分钟的短片罢了。

而这场戏的主角阿三,却在散场后,用仅剩的一点儿力气,哑着嗓子问朋友他是否是一个合格的演员。朋友像一个大哥,拍拍他瘦瘦的肩膀,说,阿三,你是我遇到的最棒的演员,真的。

在这句话后,我看到阿三微笑着,躺倒在地上,闭上眼睛,片刻,竟响起了轻微的鼾声。

16 岁的阿三,和电影里的角色一样,出身于单亲家庭,父母各自有了新的归宿。他在母亲的新家里有无所适从的恐慌,却用冷硬的表情和轻狂的举止,隐藏住内心的孤单与对温暖的渴求。而一眼看穿了他的伪装的朋友,则用不着痕迹的关爱,让他慢慢褪下那层坚硬的外壳,将一颗被冰冻许久的热烈的心,捧出来,给值得他付出的人看。

短片剪辑的第一个版本出来后,我过去看。在黑暗的小小放映室里,我在屏幕上又看到那个已经许久未见的阿三,他的第一个镜头,竟是面对着镜头微笑的特写。那样浅淡的笑容，虽然，近到可以触摸，但隔着时空看过去，却感觉有一丝的疏离。就像他原本应该满不在乎，应该在排练时跟朋友耍小孩子脾气，应该迟到早退，应该对微薄的报酬斤斤计较，应该嘻嘻哈哈，应该得意忘形——这些才是 90 后的阿三所应具有的表情。

但我还是从这样少有的微笑里，看清了这个小男生，在左冲右突的青春烦恼里，隐藏着的柔韧的光华。

是这样的温度，让他于最叛逆的少年时光，可以如一株山野里的柏树或者梧桐，旁若无人地生长，一直将那稚嫩的枝条，冲出藤蔓的缠绕或者其他枝杈的阻碍，成为那插入蓝天的张扬的主干。

而这，便是像阿三一样孤单的少年成长的粗砺的弧度。

智慧博客

环境不会为你而改变，重要的是改变自己。有一种磨砺让人战胜孤独与恐惧，有一种关爱是不计较得失报酬的，风雨让你更坚强，坎坷让你更勇敢。在成长的岁月中，那无尽的惆怅和喜悦，将成为我们最难忘的回忆。

百科探秘

彩色的雪并不奇怪，有些有颜色的雪是自然因素导致的，还有一些则是人为因素导致的。所以，在我们力所能及的范围内，一定要尽力保护自然环境，保持雪的洁白。

福的味道

一　凡

巷口来了个六十多岁爆玉米花的老人，外地口音，头发雪白，人干瘦，皮肤很黑，脸上沟壑交错，一副饱经风霜的模样。他待人很和善，见人总是笑眯眯的。引人注意的是：爆米花机旁放着一张放大的小男孩照片，那孩子大概一两岁，扎着个冲天辫，很可爱。相片旁还有半杯冷水和一个啃剩的干馍头。

老人对前来买爆米花的顾客说："你们每个人都会得到一份礼品。"当人们问是什么礼品时，他笑着说："很珍贵，不过，得先帮我一个忙。"然后拿起照片问，"见过这孩子吗？"当人们回答没见过时，他显得很失望。

原来,老人曾经有个幸福的家,但天降横祸:独生儿子死于车祸,媳妇改嫁,留下个三岁多的孙子。一年前,孙子被人拐走,老伴急火攻心,竟撒手西去,老人一夜间白了头。于是,他便挑起爆米花机四处流浪,边谋生,边找孙子。说起来,他已走了上千里路,但还是未见孙子的踪影。

老人说:"不知道不要紧,但礼物我肯定是要送的。"

他的礼物,其实就是造型各异的面制食品。他会根据不同对象,赠送不同造型的面制食品:如是老人,就选寿桃,说是祝老人寿比南山;如是学生,便选鸟,说是祝鹏程万里;如是夫妻,便选并蒂莲,说是祝白头偕老。所有面制食品背面都写着红红的"福"字。老人说,食品是用上等精白面做的,而"福"字则是用吹糖人的糖稀写的,卫生,能吃。

老人并不直接将礼品送给顾客本人,而是小心翼翼地把它和玉米或大米一起放进机腹,说这是"福"种子,他要把它种进爆米花的肚子,把"福"炸得比天还要大,那爆米花浸透了福气,让吃的人一辈子也享受不完。

每当"福"被放进爆米花机腹后,老人便一手拉着风箱,一手摇着爆米花机,眼中充满期待,虔诚而专注。随着一声轰响,空中便立刻飘起诱人的香味。每当这时,老人便使劲地吸上几下,激动地说:"这就是福的味道呵,你闻,喷香!"

老人在一个地方待不多久,就急急地上路。他说,他要找遍全中国,一直找到走不动为止。他要把福送到每个家庭,让所有家庭都得到福的恩泽,免遭不幸的伤害。他还说,这样做也是为了孙子,当天下任何角落都弥漫着福的香味时,他的孙子即便没法回家,也会闻到福的味道,得到福的滋润!

智慧博客

苦涩的泪水,无尽的等待,离去的人根本不知道哪里还有福的味道,传递福音,苦苦寻找,为了能让离去的人听见来自心底最真切的爱的呼唤。尽管千辛万苦、天涯之遥,但有希望就有幸福的味道。

百科探秘

台风大部分产生于广阔的洋面,是一种强大的气旋。有史以来强度最高、中心附近气压值最低的台风,是超强台风泰培。

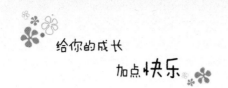

一只打死狼的羊

樊宇明

小羊丁丁体格健壮,一心想"出羊头地"。

一天,他离开自己的家,独自到草原远处去转悠,不料被一只饿得半死的老狼发现了。

小羊丁丁发现一只老狼在跟踪自己,吓得赶紧就跑。老狼在后面紧紧追赶。最后丁丁实在跑不动了,就躲到了一块大石头后面。

老狼看到小羊丁丁躲在了大石头后面,便加快速度向小羊冲去。

没想到,老狼冲到大石头跟前时,却收不住脚了,一头碰到石头上——死了。

小羊丁丁听到"砰"的一声后,老狼便再没有了动静,于是就大着胆子从石头后面钻了出来。

他看到老狼趴在石头跟前不动了,于是就用自己的角使劲地戳老狼的头,老狼还是不动。

小羊丁丁意识到老狼已经死了,于是开心极了,大声地叫道:"我打死了一只狼!我打死了一只狼!"

当时正好有一群羊在周围活动。这群羊受尽了狼的欺负,对狼恨之人骨,听到有一只羊在喊打死了一只狼,大家高兴极了,都纷纷聚拢到小羊丁丁周围。

小羊丁丁信口开河地讲述了自己是如何与老狼搏斗,又是如何用自己锋利的角戳死了老狼的英勇事迹。

听了小羊丁丁的讲述,大家对丁丁崇敬万分,兴高采烈地把小羊丁丁和老狼的尸体抬回了羊群的居所。

当晚,这群羊的头羊主持了盛大的庆祝晚会,并当场聘请小羊丁丁为该羊群的"打狼总监"。小羊丁丁兴奋地接受了聘请,同时为自己终于有机会"出羊头地"而得意扬扬。

羊群因为有了小羊丁丁这位"打狼英雄"做"打狼总监",在行动上再也不像从前那样小心翼翼了,谈论起狼来也不像以前那样害怕了,有时候甚至还敢主动向狼群活动的方向靠拢。

附近的狼群也发现羊群最近有点儿不把它们狼当回事儿。仔细打探之后,狼群了解到羊群新聘请了一位"打狼英雄"做"打狼总监",而最近也确实有一只老狼被一只羊打死了。打探到的消息令狼群内部产生了很大的混乱,有些狼甚至建议狼王带领大家离开这片草原,另外寻找新的居所。

狼王觉得狼群在这片草原上叱咤风云多年,就这样离开实在有点儿窝囊,于是决定留下来继续观察一段时间。狼王在这段观察的时间里,再没有贸然组织过对羊群的进攻,于是羊群更加确信是狼群害怕了,并进一步提高了对小羊丁丁的崇敬和信任。

狼王在对羊群仔细观察了一段时间后,发现羊群并没有其他什么特别的举动,狼的本性也使它早已厌倦了这种窝窝囊囊的生活,于

是它决定组织大家对羊群发动进攻。狼王的建议一提出,便有些狼提出反对,说:"那个'打狼总监'不能小瞧啊!"

狼王说:"狼就是狼,羊就是羊!做狼做到连羊都害怕,还有什么意思?"

听了狼王的话,众狼都觉得有道理,于是纷纷表示要为了狼的尊严而战。

于是,狼群开始向羊群实施包抄……

当负责警戒的羊跑来向头羊报告狼群的动向,希望头羊组织大家逃跑的时候,小羊丁丁说:"没有关系,有我在呢!"

听了"打狼总监"的话,头羊放弃了组织大家逃跑的念头,与羊群一起站在草坡上向远处的狼群眺望。

狼群的速度很快,转眼就到了草坡下。头羊希望小羊丁丁马上组织反击,这时却发现它的"打狼总监"早已不知去向了。发现势头不对后,头羊马上命令羊群撤退,可为时已晚,窝囊了很久的狼群此时群情激昂,以势不可当的速度冲进了羊群。

没多久,战斗就结束了。羊群除小羊丁丁提前逃离外,其余均丧命狼口。

据说,小羊丁丁逃出后,修改了自己的简历,除"打狼英雄"的身份之外,又增加了这样一条经历:在某羊群担任过"打狼总监"一职,任职期间组织了大规模的羊对狼的战争。

凭此简历,小羊丁丁顺利应聘到另一个羊群担任了"头羊助理"的职务。

智慧博客

　　狡猾的诡计无论伪装得多么精巧,终将有阴谋败露的一天。小聪明永远都登不上大雅之堂。在困难面前,小聪明总会不堪一击,甚至会招致意想不到的祸患。唯有脚踏实地才能获得别人的尊重,生活之歌才能美妙动听。

百科探秘

　　地球上如果没有了森林,将会是一件很恐怖的事情。离开了森林,陆地上的大部分动物就会灭绝,大量的水会流入海洋,大气中的氧气会减少,地球的气温会逐渐升高,水旱灾害也会不断发生。

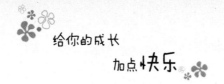

别人丢掉的牌

苏景义

　　S 州州长缺位,州议会决定从下属 8 个市的市长中选任。经全体议员会议考核评议,三个市的市长成为候选人:一个是 W 市的汤姆,一个是 D 市的岛格,另一个就是 N 市的肯迪。在这三个人当中,汤姆的呼声最高,岛格次之,肯迪稍逊。

　　究竟选谁当州长?议员们一时意见难以统一,议长便决定带领议员们到各市实地考察,然后大家根据观感打分,综合得分最高者,就做州长。

　　W 市的汤姆市长闻讯很不放心,他想,前一阵子虽然动员全市在市容市貌上做了很多工作,但也有可能个别死角没注意到。于是,他又派人各处巡查。两天后,巡查的人来汇报,说大部分都很好,美中不足的是,前些时候赶跑的那些乞丐又都回来了。

　　汤姆说:"快把他们弄走,用汽车把他们运到远郊去,让他们回不来!"

　　手下人就准备了 5 辆大客车,把那些乞丐强拉硬劝弄上了车。车开出了一百多公里,到了 D 市市郊才停下,然后,他们把乞丐们赶下了车。

第二天，D市市长岛格得到报告，说市里乞丐数量激增，经调查，不少是从W市来的。岛格市长有些恼火，他也如法炮制，派出10辆大客车，把本市及从W市来的乞丐统统运走，赶到了100公里外的荒郊野外。为防止这些乞丐回来，他们还在通往本市的要道口设了"防丐岗"。

这些乞丐，在冻饿中只好奔向N市，期望N市人不要驱逐他们，给他们以栖身乞食之处。在N市政府，当工作人员报告了这一紧急情况后，以为市长肯迪肯定会暴跳如雷，但没想到肯迪却大笑起来，他说："去，给每个乞丐每天发面包和牛奶。通令全市，任何人不能歧视、驱赶他们！"

工作人员没办法，只有听从吩咐。不过他们偷偷议论说："这真是个昏庸的家伙！"

这些天来，他们之所以起劲加班，就是希望肯迪选任州长成功，那样，他们就能跟随肯迪到州里当公务员了。现在看来，一点希望都没有了。

一周后，州议员开始巡察，先到W市，城市很美，秩序井然。议员们都打出了满分——100分。然后，州议员来到D市，D市也很好，没办法，议员们也给D市打了100分。

州议员巡察团来到 N 市的时候，市政府的工作人员已得到前边两市的信息，认为本市市长的败局已定，所以连接待都无精打采的。

议员们巡察过后认为，N 市的其他方面，都不比前面两个市差，但市里乞丐多，很影响市容。

议长让肯迪解释，肯迪不慌不忙地说："先生们，这么多穷苦人跑到我们 N 市来，是表明我们市更富足，而且能友好地对待他们。这可以让乞丐们自己说。"

议员们下去找乞丐调查，果然是肯迪所说的那样，议员们就给 N 市打了 120 分。

智慧博客

别人舍弃的东西未必对自己没有价值。在生活中，不要盲从他人的行动，要学会在他人舍弃的东西中发现对自己有利的，并加以利用。正如熊熊烈火，可以是毁林燎原的魔鬼，亦能是人类取暖照明的天使。

百科探秘

台风对自然环境有着深远的影响，台风除了能够带来充足的降水外，还会增加捕鱼的产量。此外，台风对"春城"昆明四季如春的环境，"北大仓"和蒙古草原的形成也有一定的积极作用。

古代官府的幽默判词

刘继兴

汉语博大精深趣味无穷，即便多为刻板枯燥之语的古代官府断案判词中，亦有语锋机巧令人忍俊不禁者，今择十分雷人的几则幽默判词，与大家分享。

一

南宋清官马光祖担任京口县令时，当地权贵福王强占民房养鸡喂鸭，反状告百姓不交房租，示意地方官代他勒索。官司到了衙门，马光祖实地勘验后，判决道："晴则鸡卵鸭卵，雨则盆满钵满；福王若要屋钱，直待光祖任满。"

二

明代时，一年仲春，湖南长沙两户农民的牛顶斗在一起，一牛死，一牛伤。两家为此大吵大闹，当地县令也难断此案。恰逢太守祝枝山

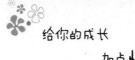

路经此地，问明情况后，当即判道："两牛相斗，一死一伤。死者共食，生者共耕。"双方一听，觉得合情合理，于是争端平息，两户人家的关系比以前更加亲密。

三

明朝代宗时，江西南昌宁王府饲养了一只丹顶鹤，为皇帝所赐。一天，宁王府的一个仆役带这只鹤上街，被一户平民家饲养的黄狗咬伤。那仆役拉扯着狗的主人到府衙告状。状词上写着八个大字："鹤系金牌，系出御赐。"知府接状，问明缘由，挥笔判曰："鹤系金牌，犬不识字；禽兽相伤，不关人事。"判词堪称绝妙，给人入情入理之感，仆役无言以对，只得作罢。

四

明朝末年凌濛初编著的《初刻拍案惊奇》中，讲了一个儿子打贼误杀父亲，本来杀贼可恕，但因不孝当诛的故事。

某地有一财主赵聪,甚为富有,与其父分开生活。一天夜里,一人偷偷爬进财主家后被活活打死。举灯一看,竟是财主的父亲!报了官,官员甚难判决:儿子打死父亲,本应死罪,而当时只知道是贼人并不知是其父,按理又不应死罪。知县张晋判道:"杀贼可恕,不孝当诛。子有余财,而使父贫为盗,不孝明矣!死何辞焉?"随即将赵聪重责四十,上了死囚枷,押入死牢。

智慧博客

语言的博大精深常常助人在社会中取胜。言辞精巧,语锋机巧,颇具幽默,不但能将困境化解于无形,更能巧妙解决纷争,显现自己的才华,彰显自己的人格魅力。

百科探秘

进入秋季之后,太阳高度角渐渐降低,温度也渐渐下降。这个时候,就会让人有一种炎暑顿消、秋风送爽的感觉,满眼都是硕果满枝、田野金黄的景象。

"绝对"趣谈

曾昭安

有人做出上联,征求下联,但由于对联要求过高,至今无人对出,便成了"绝对"。下面这个"半边对"就是一副典型的"绝对":

夏大禹,孔仲尼,姬旦,杜甫,刘禹锡。

该联由中国历史名人组成,同时又是一个谐音双关对,读起来就是:

下大雨;恐中泥,鸡蛋,豆腐,留女婿。

这就要求下联也要由人名或物名组成,且带"弦外之音",至今无人对出。

明代大学士解缙以才智过人、能言善辩

闻名于世，但也有被难倒的时候。一次，他与友人同游三塔寺，一老僧闻解学士到，恭迎入寺。待茶间，老僧说："学士乃当世奇才，老衲有一上联请学士赠问。"解缙道："请大师讲来，小生恭听。"老僧念道：

浙江江浙，三塔寺前三座塔，塔、塔、塔。

解缙思来想去，良久，只对出半句，就再也对不下去了：

北京京北，五层山下五层台……

因为上联三个"塔"是指三座塔，而下联若用"五层台"必须用五个"台"字，这显然是不对仗的。解缙只好说道："惭愧惭愧，容小生回去思考后，再来应对。"但他终未对出，无颜再游三塔寺。此联至今也无人对出，成为"绝对"。

抗日战争时期，曾有一东北文人以时局出了一上联，曰：

本庄欲满清平，打出两张一万。

表面上看是说麻将牌局，做庄者意欲实现"门前清"和"平和"，先

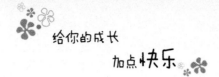
后打出了两张"一万"的牌,出联者其实是揭露日本帝国主义侵占中国东北的阴谋。本庄蕃,日本甲级战犯,1931年任关东军总司令,指挥侵占东北。"满清",这里指溥仪傀儡政权统治下的"满州国"。"平",平静,没有反抗者。"两张一万"指东北三省的三个军阀:张作霖、张作相和万福麟。张作霖被炸死在皇姑屯,另二人一人被逼至天津,一人被逼至河北。此联通句双关,结合巧妙,刁钻诡怪,也无人对出。

总而言之,这些奇妙的"绝对"凭借其短小精巧的句式折射了丰富的文化,令人玩味思考。

智慧博客

　　文化之精深不仅仅体现于辞藻绚丽、语句优美的长篇作品中,在短小精悍的语句中亦能彰显其精髓,文化言辞的美如光之精灵、暗之魅影,使人为之折服。

百科探秘

　　石头一般指由大岩体遇外力而脱落下来的小型岩体,多依附于大岩体表面,一般成块状或椭圆形,外表有的粗糙,有的光滑,质地坚固、脆硬。

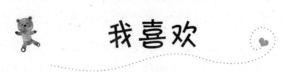

我喜欢

张晓风

我喜欢冬天的阳光，在迷茫的晨雾中展开。我喜欢那份宁静淡远，我喜欢那没有喧哗的光和热。

我喜欢在春风中踏过窄窄的山径，草莓像精致的红灯笼，一路殷勤地张结着。我喜欢抬头看树梢尖尖的小芽儿，极嫩的黄绿色里透着一派天真的粉红。

我喜欢夏日的永昼，我喜欢在多风的黄昏独自坐在傍山的阳台上。远处，小山谷里稻浪推涌，美好的稻香不断翻腾着。慢慢地，绚丽的云霞被浣净了，柔和的晚星开始一一就位。

我喜欢看秋风里满山飘飞的芒。在山坡上，在水边上，白得那样凄凉，美而孤独。

我也喜欢梦，喜欢梦里奇异的享受。我总是梦见自己能飞，能跃过山丘和小河。我梦见棕色的骏马，发亮的鬃毛在风中飞扬。我梦见荷花海，完全没有边际，远远在炫耀着模糊的香红。最难忘记那次梦见在一座紫色的山峦前看日出——它原来肯定不是紫色的，只是翠岚映着初升的红日，遂在梦中幻出那样奇特的山景。在现实生活里，

我同样喜欢山。

我喜欢看一块块平平整整、油油亮亮的秧田。那细小的禾苗密密地排在一起,像一张多绒的毯子,总是激发我想在上面躺一躺的欲望。

我还喜欢花,不管是哪一种,我喜欢清瘦的秋菊,浓郁的玫瑰,孤洁的百合,以及幽静的素馨。我也喜欢开在深山里不知名的小野花。我十分相信造物主在创造万花的时候,赋予了它们同样的尊荣。

我喜欢另一种花儿,是绽开在人们面颊上的。当寒冷的早晨,我走在巷子里,对门那位清癯的太太笑着说:"早!"忽然觉得世界是这样

亲切,我缩在皮手套里的指头不再感觉发僵。到了车站开始等车的时候,我喜欢看见短发齐耳的女学生。我喜欢她们宽阔又明净的额头,以及活泼清澈的眼神。

我喜欢读信。我喜欢弟弟妹妹的信,那些幼稚纯朴的句子,总使我在泪光中重新看见南方那开遍凤凰花的小城。最不能忘记那年夏天,他从最高的山上为我寄来一片蕨类植物的叶子。在那样酷暑的气候中,我忽然感到一种甜蜜而又沁人的清凉。

我特别喜爱读者的来信。每次捧读这些信件,总让我觉得有一种特殊的激动。在这世上,也许有人已透过我看见一些东西。

我还喜欢看书,特别是在夜晚。在书籍里面,我不能自抑地喜爱那些泛黄的线装书,握着它们就觉得握着一脉优美的传统,那涩黯的纸面蕴含着一种古典的美。历史的兴亡、人物的迭代本是这样虚幻,唯有书中的智慧永远长存。

我喜欢朋友,喜欢在出其不意的时候去拜访他们,尤其喜欢在雨中去叩湿湿的大门。当她连跑带跳地来迎接我,雨后的阳光就似乎忽然炽烈起来。

我也喜欢坐在窗前等他回家。虽然走过我家门的行人那样多,我总能分辨出他的足音。如果有一个脚步声,一进巷子就开始跑,而且听起来是沉重急速的大阔步,那就准是他回来了!我喜欢他把钥匙放进门锁的声音,我喜欢听他一进门就喘着气喊我的名字。

我喜欢松散而闲适的生活,不喜欢精密地分配时间,不喜欢紧张地安排节目。我喜欢许多不实用的东西,喜欢旧东西,喜欢翻旧相片,喜欢充足的沉思时间。

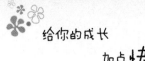

给你的成长
加点**快乐**

我喜欢听一些协奏曲,一面捧着细瓷的小茶壶暖手。此时,我就能够想象一些田园生活的悠闲。

我也喜欢和他并排骑着自行车行进,于星期天在黎明的道上一起去教堂。朝阳的金波向两旁溅开,我遂觉得那不是一辆脚踏车,而是一艘乘风破浪的飞艇在滑行。

我喜欢活着,而且深深地喜欢我心里能充满这样多的喜欢!

智慧博客

　　人生中,最重要的莫过于一颗乐观博爱的心,只有拥有这样一颗宝贵的心,才能拨开世俗的迷雾,欣赏生活中无处不在的美,在珍贵的生命中品味其如酒般芳香清醇、如花般绚丽多彩的魅力。

百科探秘

　　现代森林的形成与发展经历了一个漫长的过程,一般分为三个阶段,即蕨类古裸子植物阶段、裸子植物阶段、被子植物阶段。树木是粉尘过滤器。当气流通过树林时,随着风速降低,空气中的粉尘迅速下降,粉尘颗粒便附着在树木上,从而达到过滤空气的目的。

东施效颦的N个现代版本

笑佬

话说春秋时期,越国有个著名的美女叫西施。但她有心口疼的疾病,犯病时好用手按住胸口,紧皱眉头,轻挪缓行。因为人们喜欢她,病态的模样在大家眼里也一样是妩媚可爱、风情摇曳。邻村有个丑姑娘叫东施,以为西施这般态势,才引起众人的惊羡。于是她模仿西施的行走姿态,结果被国人整整恶贬了几千年。但今日因乱串的"角色扮演",正渐成一种时尚。

网络版:东施在自己的博客上,贴出自拍照,大胆展示疯疯癫癫、惊世骇俗之形象,从而轰动网络世界。网民像目睹出土的奇珍古玩一样亢奋,天天守在电脑前,为她肢体扭出的奇异动作大声尖叫。由此,点击率急速上升,跃居人气榜首位,成为网络红人。

愚乐版:娱乐圈最爱将愚乐当娱乐,一旦发现东施这样的妙人儿,岂能轻易放过?势必诚邀加盟,纳为旗下艺员。审美疲倦了,亮丑是刺激,"丑"行天下巡回演出一样赚来大把钞票。

时尚版:必定会有专家发表高见,东施是中国狂热追星的第一人!作为西施的超级粉丝,不但在心目中膜拜偶像,且行为倾情模仿。

由此，将带动更多的青春少女呼啸而出，皆以呈一脸痛苦走路状为酷，造成满大街摇曳着愁眉苦脸者。

作秀版：俗语道，秃子跟着月亮走沾光。世间攀龙附凤者多矣，一举炒作成名者少也。而东施小姐剑走偏锋，以自己独特的方式雷倒了一大片人，势必赢得想成名想晕了者的疯狂追逐。你秀我也秀，走秀俨然成了见怪不怪的正常世相。

成名版：古往今来，坊间人物载入《中华名人大词典》的凤毛麟角，但东施绝对算一个。只要能成名，丑又算什么？如今很多成名的版本，都大有盗取东施技术专利的嫌疑。绯闻、丑闻、脏闻，都可以拿来闹声势、造名声。

商业版：社会被商业利益操作，眼球经济必将成为发财的新思路新手段。因此，精明的商人们肯定要将东施当做一座富矿那样投资和开发，忽悠大批好事看客前来一睹为快！这样，东施将由村姑变为笑星，成为了名正言顺的正当职业者。

精神版：东施为什么能成功？自有高调褒扬给予文饰：长得丑，不怨爹娘；从脚下走起，让人家说吧。于是乎，很多刊登心灵鸡汤励志文章的报刊，纷纷介绍她的创业事迹。东施俨然成了青春男女的学习榜样！

艺术版：坚持将有创意的模仿秀进行到底！皱眉不足以展示悲情，就龇牙咧嘴；单手捂胸不足以表达疼痛，就双手并用。结果，成为现代行为艺术的表演家，或被全球著名的《花花女人》杂志评为"本世纪最会煽情的女人"！

智慧博客

现在社会的人们在欲望的深渊中游走，被名利驱使而深陷其中无法自拔。许多人在正常的路途中无法前行，便剑走偏锋，另辟异途，用尽各种手段，更有甚者，炒作哄捧，将各种丑陋的现象暴露于大众眼前，混淆美与丑的界限。

百科探秘

撒哈拉沙漠几乎占据了非洲北部地区，是世界上阳光最多的地方，同时也是世界上最大、自然条件最为严酷的地方。

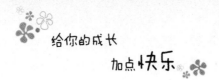
马未都的两脚

陈志宏

新疆水果，天下闻名。

这里日照充足、空气干燥，为优质水果的生长创造了得天独厚的条件。香梨、西瓜、葡萄、哈密瓜和无花果等等，水灵滋润，甜蜜香馥，好吃到让人叫绝。

二十多年前，马未都先生来到新疆，遍地的水果，让他过足了水果瘾。当时，市场意识极淡，本地水果多为自产自销，便宜得让人觉得是天上掉馅饼了。10公斤香梨，只花了一元钱，吃得马未都肚子溜圆，站都站不起来。

阿克苏的杏子很多。一天，马未都先生路过一片杏林，又大又白的杏子挂满树枝，累累硕果，让人一看嘴馋，直流口水。马未都从未见过如此繁盛的白杏，恨不得马上扑上前去采摘，尝尝鲜。但见杏树底下坐着一维族老汉，旁边放了几个铁皮桶，猜想是树的主人。于是，他走上前去，打听白杏怎么卖。

他问老汉："请问杏多少钱一斤？"

老汉的回答让他有些摸不着头脑："两毛一脚。"

马未都把"一脚"错想成"一角",心里直嘀咕:"两毛就是两角呀,怎么是一角?到底一角还是两角呢?"

维族老汉见他疑惑,对他解释说:"就是两毛钱让你对着树踹一脚,掉下多少杏子,全都是你的。"

天下居然有这么浪漫好玩的买卖?

马未都直乐,交了钱,提着桶,向杏林深处走去。他选了一棵硕大无比的杏树,低垂的枝上挂满了诱人的白杏。心想,只要踹上一脚,必定会有无数的果子掉下来,捡上大半桶,没什么问题。

他使出吃奶的力气,猛地向杏树踹了一脚,脚腕子都踹痛了,结果,杏树丝毫未动,杏子一粒也没有掉落下来。气急之下,马未都提腿刚想踹第二脚,老汉开口说话了:"再交两毛。"

这一回,马未都不敢再选大树了,挑了一棵细弱的小杏树,不轻不重地给它一脚,顿时,枝摇杏落,满满地捡了大半桶。

若干年后,马未都醉心收藏,在买古董宝贝时,偶尔也会犯类似的错误,凭着自己的兴

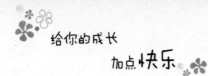

趣,想当然地就购进。但当年在阿克苏给杏树的两脚,还是使马未都先生逐渐形成了自己的收藏个性——头脑要清醒,原则要坚持。

为人处世,经营人生,头脑不能发热,不能想当然的胡乱踹上一脚,那样,既伤了自己的元气,也不会有任何收获。看清楚自己,洞悉自己的能力,有时,比紧盯目标更重要。

马未都的两脚,先有舍,后有得。做人的原则也是如此——下脚之前,先掂量自己的斤两,不贪心,不虚妄,在最可能成功的地方下脚,一下踹出真实而沉稳的人生。

智慧博客

　　在波涛汹涌、暗流急湍的人生道路上,最重要的不是勇敢,而是认清自己的实力,不要被利益的诱惑迷了心志,要时刻以冷静的头脑看清隐匿在干土下面的噬人泥沼和掩盖在泥泞中的坚实土地。

　　森林是地球的净化器,但人类对森林的毁坏,致使生态恶化、灾难频繁。如今,森林面积仍在以每年 20 万平方千米的速度锐减。

天气预报

[俄]安东·马胡尼　李冬梅 编译

因为市气象局提供的天气预报准确率太低，气象局长在市里召开的一次会议上遭到了市领导的严厉批评。局长回到局里后，紧急召开了一次全局处长级会议。

"各位"，局长严肃地扫视了一眼自己的下属说，"或许是我们的工作失误，或许是上天故意和我们作对（说这话的时候局长还用一根手指小心翼翼地指了指天花板），但事实就是事实。如果再这样下去的话，咱们的季度奖可就没了。明白了吗？"

处长们都惭愧地低下头来。

"我们的天气预报怎么也应该有点准确度吧，"局长继续说，"哪怕是部分准确呢。这样也就不会有人批评我们的天气预报完全与事实不符了。"

"部分准确是多少？"风向处处长问。

"至少也应该达到一半吧。"局长严厉地看了一眼风向处处长说，"这样我们就能拿到奖金了。我顺便问一下，明天的天气怎么样？"

"有雪。"降水处处长说，"小雪……"

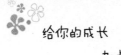

"有风。"风向处处长小声说,"风力不大……"

"气温有所上升。"气温处处长很自信地补充说,"全市范围内气温都有所上升……"

"你们确信你们的预测准确吗?"局长的目光在所有与会者的身上扫了一遍,"要是气温下降了呢?要是大雪呢?或者根本没有雪呢?"

会议室里鸦雀无声,一片寂静。

"这样,"局长挠着后脑勺说,"如果我们……"

气压处处长终于领悟了局长的意图,说:"如果我们这样预报您看怎么样？局部地区气温上升,局部地区气温下降,局部地区有大雪,局部地区有小雪,局部地区有风,局部地区无风,局部地区气压下降……"

"好!"局长高兴地使劲挥了一下手,"就这么定了!"

当天晚上,市气象台向全市发布了这么一条天气预报:

"我市明天局部地区气温将上升到零上 30℃,局部地区将下降到零下 30℃,局部地区风力较小,局部地区有大风,局部地区晴,局部地区有暴雨,局部地区气压上升,局部地区气压将降到最低……这种天气状况预计 10 年内不会有较大的变化。"

补充说明一下, 季度末气象局的全体人员终于拿到了期盼已久的季度奖。据预测,他们的年终奖也肯定没问题了!

智慧博客

巍巍屹立的高楼由坚实的砖石垒砌,百年不倒的大桥由刚强的石柱支撑,正是这份实在的坚实铸就了高楼大桥的屹立不倒。而由虚假的石灰和木头垒起的高楼大桥或许能起一时之用,但终会楼倒桥崩。

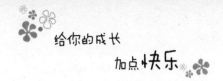

天下无贼

蔡中锋

我失业了，去找朋友贝尔帮我找工作，贝尔说让我先跟着他干好了。

贝尔安排给我的工作其实非常简单。每天早晨9点钟，我拿着一个存折从银行取出几万块钱，装进一个方便袋里，然后提着它去逛街，逛商店，进酒店喝酒吃肉，到下午5点钟的时候，再把钱存进银行，如此而已。

有时候，也有人想抢我手里的钱，但每当我和这些抢劫犯撕扯的时候，总会有几个人冲上来帮助我制服这些罪犯。

有一天，当我走到一个偏僻小街的时候，一个家伙事先什么征兆也没有，居然上来先给了我一刀，然后再抢钱！这时又上来几人将这个抢劫犯制服了，我也被他们及时送到了医院。

好在我的伤并不致命。贝尔来医院看

望我，我对他说："贝尔，这工作太危险了，我不想干了。我还有老婆孩子呢！"

贝尔说："你想啊，做什么工作不需要付出点代价呢？难道你还能找到比这更好的工作吗？这样好了，我给你一套防弹内衣，你就可以刀枪不入，不会再有什么危险了。"

想想贝尔的话也很有道理，于是我又继续干我的工作。我是这么的平凡，而我的工作又这么简单，我真想不到自己会成为英雄。

不知怎的，我的事迹突然之间成了各大报刊、网站报道的焦点，我不但成了协助贝尔抓获 21 个抢劫团伙的英雄，而且还得到了 10 万块的政府奖金。

现在，如果有谁看到一个人拿着很多钱在街上大摇大摆地走，他一定会说："这准是警察局设的套儿，我们还是离他远一点的好！"

我们的城市终于实现了天下无贼的目标！

智慧博客

在社会中解决棘手问题时，强制的手段常常如沙漠行舟，寸步难行，这时，不妨换一个角度去思索解决的方案，用另一种行径加以实施，也许你会获得意想不到的成功。

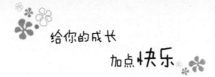
如果我是你

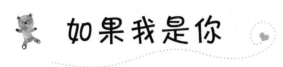

三 毛

不快乐的女孩：

你短短的自我介绍，看起来十分惊心：29 岁的你居然用了——最底层、自卑、平凡、卑微、能力有限,这许多世俗强加给你的定义来形容自己。

不快乐的女孩,你的心灵并不自由,所以你的人生充满了失落与怨怼,是不是?当然,我并不是一个智者,也没有做到绝对看透与超越。可是,作为你的朋友,像你信中所写的那些字句,我早已不用在自己身上了,虽然,我们比较起来差不多。不快乐的女孩,让我们来换个位置,用心去体会生活的博大与深邃。

如果我是你,第一步要做的事是加重对自我的期许与信心,将信中那一串又一串自卑的字句从生命中扫除,不再看轻自己。

你有一个正当的职业,租得起一个房间,容貌也不差,懂得在上下班之余更进一步去探索生命的意义,这都是很美好的事情,为何觉得自己卑微呢?你觉得卑微是因为没有用自己的观点审视自己,而是用了功利主义的视角,这是十分遗憾的。

要知道,一个不欣赏自己的人,是难以快乐的。

如果我住在你所谓的"斗室"里,我做的第一件事就是布置我的房间。我会将房间粉刷成明朗的白色,挂上美丽的窗帘;我会在床头放一个普通的小收音机,在墙角做一个书架,给灯泡换一个温馨的灯罩;然后,我要去花市挑几盆赏心悦目的盆景,放在我的窗口;如果仍有余钱,我会去买几张名画的复制品——海报似的那种,将它挂在墙上……这么弄一下,生活会有趣得多。

布置好房间,是改变心情的第一步。然后,如果我是你,我要给自己买一件美丽又实用的衣服。如果我觉得心情不够开朗,我很可能去一家美发店,修剪一下终年不变的发型,换一个样子,给自己耳目一新的感觉。下班后还有四五个小时的空闲,那时候,我可能去青年会报名学学语文、插花或者其他感兴趣的课程。没有压力的那种学习,是充实自己的另一种方式。

你看,如果我是你,我已经慢慢地变了。

我去上上课,也许可以交到一些朋友,我的小房间既然这么美丽,那么也许可以偶尔请朋友来坐坐,谈谈各自的生活和梦想。

慢慢地,我不再那么自卑了,我勇于接触善良而有品德的人(这

种人在社会上仍有许多许多)。我会发觉,原来大家都很平凡——但却优美,正如我自己一样。我更会发觉,原来一种美丽的生活,并不需要太多的金钱便可以实现。如果我是你,我不会再等三毛出新书,我要自己写札记,写给自己欣赏。我慢慢地会发觉,我自己写的东西也有风格和趣味,我真是一个可爱的女人。

不快乐的女孩子,请你要行动呀!不要依赖他人给你快乐。马

上去做,事情没有你想象得那么难。

直到今天,我仍觉得,在这个世界上,最大的快乐是帮助他人,而不是只在自我的世界里享受——当然,享受自我的生活也是很重要的。在平凡的生活中,你要先假想自己所做的一切都是为了别人,有了这种期许和责任,你就会很轻松地帮助自己建立起信心。只有这样,你才能真正下定决心改变目前的生活方式,把自己弄得活泼起来,不让宝贵的年华在虚无的伤感和懊恼中白白流逝。

听我的,起码你要试一下,尽力地去试一下,好不好?

享受生活的方法有很多种,问题是你一定要有行动,空想是不行的。下次给我写信的时候,我希望你署名为"快乐的女孩",将之前那个恼人的"不"字去掉。我等你!

你的朋友三毛

智慧博客

每一段人生都是上天亲手绘制的画卷,而那一点点阴暗是为了衬托人生的光彩而存在的,所以,不要迷失于那微小的暗影中,要知道其实那只是你的身影在一片光明下留下的小小背影。

小巫见大巫

[斯里兰卡]乌 普 闻春国 译

许多年前,一位名叫 S.B.迪萨纳亚克的斯里兰卡政府官员赴美访问,并拜访了他的美国朋友——一位参议员。这位参议员在家里为他举行了丰盛的晚宴。斯里兰卡的部长先生对参议员拥有的豪华别墅、华丽庭园还有那些昂贵的家具羡慕不已。

"参议员先生,你靠参议员那点微薄的薪水怎么能买得起所有这一切呢?"这位部长问。

参议员狡黠地笑了笑,随即把他领到窗口。

"你看见那条河没有?"

"看见了。"

"你看见那河上的桥梁没有?"

"当然看见了。"

"我只是吃了这个项目的百分之十。"参议员扬扬自得地说道。

没过多久,这位参议员出访斯里兰卡,并借机对那位部长进行回访。S.B.迪萨纳亚克盛情款待了他。当他们走进部长的私邸时,这位美国参议员不禁为之一惊:S.B.迪萨纳亚克修建的豪宅简直像一座宫殿,宏伟壮观,富丽堂皇。这里不仅到处都是珍贵的艺术品,而且还雇佣了上百名仆人。

"部长先生,就靠你那份可怜的卢比,你怎么能修得起这么豪华的私邸?"参议员吃惊地问。

迪萨纳亚克笑而不答,把他拉到了窗口。

"你看见那边的凯拉尼河没有?"

"当然看见了。"参议员答道。

"看见河上的桥梁没有?"

参议员露出一副困惑的神情,不解地说道:"没有,我好像没看见什么桥梁啊!"

"没错,我吃了百分之百。"部长笑盈盈地答道。

智慧博客

贪婪和欲望像一条邪恶的毒蛇,吞噬人的心灵,将意志不坚者心中的善良与正义一点点蚕食,使人堕入享乐的物质深渊,但是,等待堕落者的将是黑暗的深渊,他们会溺入其中,等候死神的招手。

我要笑遍世界

俺是括弧俺骄傲

不 良

俺叫括弧。

起先俺觉得自己挺窝囊的，左右两小片，没有被读出来的权利，生活真是毫无意义，充其量最多在语法里作个解释、强调。可是后来经过分析，俺惊奇地得出一个结论：虽然俺没有姓毕的姥爷，但领导的讲话稿里没有俺是绝对不行的。俺骄傲！

领导得把讲稿读得抑扬顿挫有板有眼，这样才更像回事儿。鉴于此，秘书们就需要对讲稿的语气、语调、语速等等作出注释。

比如，为了提升讲话的张力，要说明"此处停顿一秒"；为了显示领导的风度，得注明"此处语速放缓"；遇上多音字时还得加拼音，人多眼杂、音多害人，比如要突出的字眼，须强调"×××几字重读"，假设领导非常不幸地读成"chóng 读"，那出来的效果还是相当雷人的。完成这个任务，没俺，能行？

领导动辄以"与国际接轨"来突出讲稿的品位，还要暗示业务水平的高超，在群众面前显摆显摆，什么 IQ、EQ、QQ 啊之类的舶来词语、英文缩写必不可少。只是领导公务繁忙，不一定所有缩写、新名词

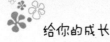

都记得,如果把"BMW"解释成"别摸我",把"WTO"读成"我吐",那再好的戏也出不来。

要解释这些个稀奇古怪的新名词儿,那还得俺出场。具体意思详详细细地一写,台上领导煞有介事地一念,那效果,谁用谁知道。这个环境,没俺,能行?

烘托现场气氛是领导讲稿中不可或缺的重要一环,关键时刻领导还是要提醒一下与会群众,毕竟个别群众觉悟不高,睡个觉打个盹也保不准。假设在会场安排了张三当"会托儿",那讲稿里就得注明"张三,你说是不是?"当然"会托儿"不常有,"此处可能有掌声"常有。嫌这个太直白?那可以写"此处带头鼓掌"。这种场合,领导亲自把这些注解读了,那效果肯定没跑儿。关键是群众不鼓掌事小,显示领导讲话水平低事大。这种场合,没俺,能行?

领导扮演的角色太多,有些时候为了赶场,角色来不及转换,不能及时入戏。为了把讲稿讲得生动逼真,至少得看上去像实力派,俺对领导演技的提升作用甚大。讲到反腐败,就注明"做义愤填膺状";讲到体恤群众,得加上"做慷慨激昂状";讲到抢险抗灾,须突出"做忧国忧民状";讲到关心青年成长,要强调"做语重心长状"。当然,至于领导见到"小三儿""小四儿",那俺就不用掺和了。这些角色,没俺,能行?

括弧开始,此文结束,括弧完毕。

智慧博客

　　生活中有很多微小的组成部分,看似无用却十分重要,正如夜晚的星星,看似暗淡,照亮不了整个星空,但是没有这些星星,我们熟知的美丽星座将不复存在。

　　目前我国的震级标准,采取的是国际上通用的里氏分级表,共分为9个等级。震级每相差1级,能量相差大约30倍。

绝对规则

张爱国

骄阳似火。平静的马拉河，三三两两的鳄鱼聚集着，狙击手一般，睁着圆鼓鼓的眼睛，静静地等待着一年里最奢侈的盛宴。

南岸，塞伦盖蒂草原，一群角马在焦躁地啃着草根，又不时地抬头张望。忽然，一阵草香扑鼻而来，头马一声嘶叫，带着群马旋风般向北奔去。近了，马拉河却挡住了去路。

角马明白水里的危险，但抵抗不了对岸草香的诱惑。头马在河边来回走了几下，终于选定渡口，轻轻叫了一声，于是角马们立即将头转向这边。

鳄鱼仿佛判断出了角马群即将行走的路径，悄悄闪开一条道——成千上万的角马从这儿渡过，一旦被踩到，再厚的鳄鱼皮也会被踩出血窟窿。

头马一声嘶叫，挥舞着一对锋利的角，箭一般跃进河里，向对岸冲去。于是，黑压压的角马争相跳进河，河水霎时一片浑浊。

鳄鱼依然静静潜伏着，它们要等待最佳的出击时机。终于，一只鳄鱼猛然蹿向一匹健壮的角马。受袭的角马纵身跃起，贴着鳄鱼的尖齿飞走了。与此同时,鳄鱼的大尾巴又猛扫过去,角马再次纵身,躲了过去。然而角马万没想到的是,就在它又一次腾空的刹那间,另一只更大的鳄鱼仿佛早已预设好一切,腾空跃起,咬住了它的一条后腿。角马一声惨叫,跌落水中。 角马虽然被紧紧咬着,但并非致命。它拼命地奔突跳跃,搅得咬着它的鳄鱼只能随之翻转扭动。眼看鳄鱼招架不住了,最先发起攻击的那只鳄鱼又从水里跃起,稳、准、狠地咬住角马的脖子。两只鳄鱼同时发力,将角马死死地摁进水里……一旁的角马们,一个个更加疯狂地向对岸逃去。

鳄鱼再次现出水面的时候,角马已经死了。稍作喘息,两只鳄鱼一同将角马拖到浅水区。随后,一只鳄鱼咬着角马的脖子,沉入水底。另一只鳄鱼咬着角马的一条后腿,再突然腾起,在空中飞快地翻转——上帝仿佛早就知道鳄鱼的凶猛,造物时虽然给了它们尖利的牙齿,却是槽生齿,让它们无法撕咬也不能咀嚼食物。它们只能靠相互配合扭断食物,再囫囵吞进。

就在角马的腿即将被扭断的时候,水底的那只鳄鱼大概是在刚刚的搏斗中用力过猛还没有完全恢复过来,或者正在想着别的事,突然松开了嘴。只见水面上翻转的鳄鱼闪电般滑过天空,啪一声,重重地摔到岸上,角马的尸身也重重地摔在它的身上。倒霉的鳄鱼,盛宴还

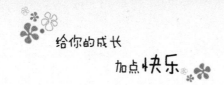
没有开始就送了命。这是这个种族从没有发生过的事。

四周的鳄鱼纷纷游过来，等明白了一切后，又静静地游走了。

好一会儿，这只鳄鱼才回过神，爬上岸，咬着角马那条就要断裂的后腿，摆动着头，但角马的肉身也随之摆动——它根本扭不断。它又尝试着将角马整个吞下，也失败了。它只好将角马拖进河，拖向几只因为没有捕到食而在捕捞水里残渣碎肉的鳄鱼旁——它愿意和任何一只鳄鱼分享美餐。可是，这些饥饿的鳄鱼看了看它，又看了看岸边刚刚摔死的鳄鱼，默默地游走了。它拖着角马又找了几只鳄鱼，结果却是出奇的一致。

现在，这只鳄鱼腹内空空，却只能眼巴巴地看着面前的猎物，一天，两天……

又一队角马渡河，鳄鱼们又一次联合出击……只有它，没有谁愿意与它合作，孤零零地在水里靠小鱼虾充饥。更重要的是，错过了这个能够强壮身体、补充能量的季节，它不知道还能不能度过即将到来的严冬。

智慧博客

在团队合作中，要时刻坚守自己的岗位，做好自己应该做的一切，因为，任何一个无意的失误都会给他人带来无法弥补的伤害，就算你的失误是小，但你却失去了团队对你的信任，那时你只有像鳄鱼一样黯自神伤，后悔莫及。

一场猫捉老鼠的游戏

麦秸的草垛

乾隆是一个有趣的帝王。

乾隆晚年挥霍奢靡，毫无节制，结果导致国库空虚。为了增加财政收入，充实国库，当时的官场内流行一条"潜规则"：官员渎职，罚款抵罪。于是，举国上下贪污受贿、巧取豪夺成风。而乾隆为了维护"英主"的光辉形象，拼命粉饰他的"太平盛世"。

乾隆五十五年，内阁学士兼礼部侍郎尹壮图上了一道奏章，要求遏止罚款抵罪现象。因为有了罚款抵罪，渎职官员非但没有受到应有的惩处，反而变本加厉地搜刮；而那些清廉的官员，为了应付巨额罚款，也不得不向下属索贿，下属则向商人、百姓摊派……尹壮图的建议非常好，却犯了乾隆的大忌。

如果停止罚款抵罪，不仅断了乾隆的财路，更要生生毁了老皇帝精心维护的"太平盛世"景象。乾隆非常清楚，真要整治贪官污吏，只怕要揪出一大堆一品、二品的"大蛀虫"，他的宠臣和珅会首当其冲。试想，被一群"蛀虫"包围着的皇帝，能被历史写成英主明君吗？所以，他恨不得立刻杀了尹壮图。然而，这样难免会落下一个庇护贪官、冤

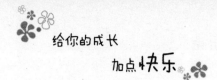
屈直臣的昏君名声。于是,一场猫捉老鼠的游戏开始了。

当年11月19日,80高龄的乾隆到朝堂听政,他下谕说:"现在一些官员,拿着优厚的俸禄却不能尽职,让他们用钱弥补自己的罪过,只是一时的做法,并未形成制度。也许滋长了徇私贪赃的勾当……壮图既然有此奏,必定知道哪些官员属于此类,那就照实上奏吧。"然后,他和颜悦色地看着尹壮图。

尹壮图以为皇帝采纳了自己的意见,心下一喜,立刻上奏道:"各督抚声名狼藉,吏治废弛。臣经过地方,各省风气,大抵皆然,请旨简派满洲大臣同往各省察望。"

乾隆一听,心下窃喜:原来这小子不过是道听途说,并没有确凿的证据。哼!看我怎么收拾你。

于是,他脸一沉,当即作色道:"大胆尹壮图,朕把你的奏章当做一等要事来办,却不料,你全是拿空话搪塞于朕。朕主政多年,一向爱民

如子,赏罚分明。现在你必须给朕说清楚,百姓跟你讲了什么,都举报了哪些官员?不然,你就是欺君枉上!"说完,乾隆撇下尹壮图,拂袖而去。

尹壮图吓得目瞪口呆,惶惶然不知所措,刚才还称自己为爱卿的皇上,怎么忽然间就翻了脸,还给自己定下一个欺君死罪?没有"眼色"的尹壮图哪里知道自己落进了乾隆设计好的圈套?但不管怎么说,胳膊拧不过大腿,想法先保命要紧。于是,尹壮图连忙写了悔过书,承认自己的说法不实,恳求皇上加以处罚。但老辣的乾隆还要把文章做足,所谓树欲静而风不止,想解铃还要系铃人。他的目的还没有达到。

几天后,乾隆下旨说,尹壮图名义上认错,实际上是蛊惑人心,现命军机处大员跟他一道出京,去直隶、山西、山东、安徽等地勘查。同时,乾隆私底下招来宠臣和珅,让他快马通知各省官员,作好准备,应付检查。于是,尹壮图所到之处,皆呈现一片繁荣、安乐的景象。无奈之下,尹壮图只好诚惶诚恐地写折子上报:"我经过沿途各地,百姓生

活安定,府库充盈,各地布政使都该表彰。"

乾隆成功维护了他"一代英主"的光辉形象。尹壮图却成了众矢之的,死罪可免,活罪难逃。乾隆为了显示自己的宽宏大度,对他作了革职留任、察看八年的处罚。但遭此一劫的尹壮图也成熟了许多,他当即以"老母在家,理当奉孝"为由,辞官返乡了。匪夷所思的是,就在乾隆去世后的第二年,即位的嘉庆皇帝便诛杀了大贪官和珅,然后请回尹壮图并委以重任。

历史,常常在不经意间转身,还原真相。

智慧博客

历史的真实不会因为人为的粉饰而更改其模样,无论经历怎样的曲折终会还原其真相。正如太阳,即使偶尔被暗夜乌云遮住了光彩,但终会拨开迷雾,将阳光重现人间。

百科探秘

我国的《山海经》中有关于极光的记载。它详细地描述了一个叫做烛龙的神兽。这里的烛龙,实际上指的就是极光。

 名人演讲趣闻

赫 伟

说完就走

抗战期间,中国现代作家林语堂在美国任教。一次,纽约举办书展,他被邀请去作演讲。

穿着一身中国式平民服装的林语堂从容地走上讲台，他那地道的英语、幽默的言辞、真挚的感情以及所论述问题的深刻内涵,博得了阵阵热烈的掌声。

正在大家兴味浓厚、听得入神的时候,林语堂突然收住,说道:"中国哲人的作风是,有话就说,说完就走。"

言毕,他真的没再有一句客套,站起,挥挥长袖,走了。

"胡说"

胡适在一次对大学生的演讲中,引用了孔子、孟子和孙中山等人的一些话。每次引用前,他都要在黑板上写上:"孔说"、"孟说"、"孙说"……

别人的话引用完后要发表自己的见解了，他又在黑板上写下了"胡说"二字。写完后还没等他转过身来，会场里便爆出一阵笑声。他自己倒被弄得莫名其妙，问大家："你们笑什么？"

"训"字新解

科学家竺可桢在浙江大学任校长期间，有一次学校开联欢会，节目单上的第一项，就是"校长训话"。

竺可桢觉得一个乐呵呵的联欢会，一开始就板着面孔"训"一番"话"，不妥。但已经安排了，且印在纸上，不"训"也不妥。于是，他站起来，说："同学们，'训'字从言从川，信口开河也！"

大家听了，哄堂大笑。竺可桢向大家摆了摆手，坐下了。联欢会就在这笑声中开始了。

智慧博客

在言谈中显现出的幽默和机敏，可以彰显人自身的人格魅力，体现其性格特点，使众人折服。犹如满园绽放的鲜花，清香扑鼻，色彩绚丽，给人以心灵的愉悦。

"三个和尚没水吃"探秘

刘玉行

"三个和尚没水吃"这桩事儿被媒体曝光后,在佛教界引起轩然大波。为了弄清事情真相,佛教联合会组成10个调查组,从不同角度、不同层面对"没水吃"的情况进行了深入细致的调查,现将调查结果公布于众。

结果一:近年来,山上的林木被乱砍滥伐,山石被过量开采,生态环境遭到严重破坏,致使山上唯一能够为寺院提供水源的清泉干涸。

结果二:寺庙附近的山民去年在山上建了一座电镀厂,从工厂排出的混浊剧毒废水污染了水源。据称,今年春天,一只山羊就曾经因为饮用了几口被污染了的泉水而当场毙命,所以这三个和尚宁愿忍受口渴之煎熬,也不敢饮鸩止渴。

结果三:山上的那汪清泉被一大财团买断了。据化验,该泉水中富含对人体有益的物质,是一种天然优质矿泉水。财团已在山上盖了生产车间,上了一套矿泉水灌装生产线。和尚们囊中羞涩,只能是望"泉"兴叹。

结果四:连年的干旱造成人畜饮水困难,十里八乡的山民们都来此汲水,加之泉流量减少,每日肩挑手提牲口驮的队伍足足排有三里长。出家人慈悲为怀,不忍心与山民们抢水吃。

结果五:寺院出台了有偿服务新举措,凡来寺庙烧香拜佛求签许愿的香客,必须备足供品,且供品中瓶装纯净水不可或缺。

结果六:三个和尚通过学习《水法》,节水意识得到明显增强,后来集体研究决定,每月搞两个"不饮水周"。而被好事者披露"没水吃"的那天,正好赶在了"不饮水周"内。

结果七：眼下别的寺院利用种种关系先后装上了自来水，高级些的用上了饮水机，喝的是桶装纯净水。若三个和尚再去挑水吃，就显得很掉价儿，有失身份。

结果八：财政部门已欠发和尚的工资长达两年零七个月，尽管他们曾多次找领导反映情况，但仍久拖未决。万般无奈，和尚们只好以"绝水"的方式表示抗议。

结果九：由于社会治安状况欠佳，传寺之宝——具有一千多年历史的檀香木水桶被盗，虽然三个和尚已向派出所报案，但时间过去三个多月了，还是杳无音信。

结果十：据查，三个和尚在山下都有自己的佛教联系点和关系户，他们每天饮用的茶水由联系户送到山上，和尚们自然就不用去担水吃了。

智慧博客

　　人生中总有许多简明易懂的事，却常常人为地纷乱了原本明晰的视线。犹如原本是笔直的竹节却硬要人为改变其形态，将其化为高树，伸展出无数枝条叶蔓，繁杂了原本的简单。

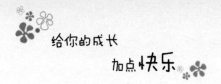

开 车

周正旺

张三急着要去抚州参加一个会议,他到汽车站买了一张车票,急匆匆上了中巴车。中巴车里拥挤不堪,人声鼎沸,而司机却在一旁悠闲地吸着香烟。见到张三,司机说:"快点!车马上就要开了,赶紧对号入座。"

张三掏出车票一看,是"0"号。张三大吃一惊,怎么会有"0"号车票呢?来不及思索,张三开始找座位,他从车头部位一个一个位置找过去,从1号到2号,直到50号,不出他所料,果然没有"0"号座位。张三问:"师傅,请问'0'号座位在哪里?"

司机把烟头扔出窗外,然后又弹出一支香烟,气势汹汹地说:"我不知道,你自己找。"

张三只得又从车头部位开始挨个儿找上一遍,然而中巴上只有1号到50号座位,而且每个位置上都坐着人。张三急得团团转,禁不住抱怨起来:"这怎么可能呢?我票都买到了,怎么会没有座位呢?"司机头也不抬,冷冷地说:"不知道。"

张三走到司机旁边,忽然看见司机座位上赫然写着"0"号。

张三大喜过望,他赶忙说:"师傅,你坐了我的位置了。"说完张三指着司机座位上的号码,把车票递给司机看。

司机吓了一跳,他赶紧站起说:"对不起,对不起! 请坐!"张三说:"不行,我不是司机,不会开车,我只要一个座位。"

司机说:"这就是你的座位,你请坐。"

张三说:"那你怎么办?"

司机挠了一下头,迟疑着说:"我好像没有车票,那我就不能待在车上。"司机说完就要下车。张三坚决不肯坐在司机的位置上,张三说:"我不会开车。"

司机笑道:"不要紧,我教你,等你学会了再走也不迟。"

旅客们也纷纷叫道:"快学! 快学! 等你学会了再走也不迟。"

张三说:"不行,不行! 我还要赶着去开会呢。"旅客们大怒,纷纷

骂道:"你不学谁来开车,谁叫你买了'0'号车票呢?"

张三招架不住,只好答应留下来学开车。旅客们大喜,大家纷纷安然就座,耐心等候。

一个月过去了,在司机的辛勤教导下,张三终于学会了开车,并且拿到了驾驶执照。

发车这天,张三拉住司机的手,激动地说:"谢谢你,谢谢!"

司机微微一笑,说:"不客气,这是我应该做的。"说完转身走了。

三小时后,中巴车到达抚州。张三跑到会议厅,接待小姐告诉他:"快点,会议马上就要开始了。"

智慧博客

人们常常迷信于教条的规则,将精力投放在无谓的坚守和支持中,放弃便捷的方法,这样只是浪费精力和时间,却不一定能取得最好的结果。如同大海行船,只执著于航线,忘记了现实的天气,就有可能陷入飓风漩涡,葬身海底。

我国黑龙江省北部的三江平原、黑龙江沿河平原及嫩江流域的广大荒芜地区就是"北大荒"。自20世纪50年代进行大规模开垦后,它变成了如今的"北大仓"。

大话经典的祖师爷

云 弓

如今网络文学盛行,歪解经典已成风气,《大话西游》、《Q 版语文》、《水煮三国》等成为时尚,但溯本求源,大话经典之风在我国其实有着悠久的历史,其幽默搞笑程度绝不亚于今天的作品,而北齐笑星石动筩更是个中高手,堪称大话经典第一人。

石动筩生活在南北朝时期,是北齐皇家御用首席搞笑大师。与一般的艺人不同,石动筩是一位精通经典、有着较高文学素养的人,再加上他丰富的想象力以及发散型的思维方式,于是他的幽默便明显地有了常人难以企及的优势。

据唐代《启颜录》记载，齐高祖是晋代诗人郭璞的骨灰级粉丝，在宫中常命人诵读郭诗。一天，高祖正陶醉在郭璞《游仙诗》"青溪千余仞，中有一道士"的意境之中，久久不能自拔。石动筒却不以为然，说："这诗不咋地，换了我能胜过他一倍。"高祖自然不信，于是石大师张口便来："青溪二千仞，中有两道士。"果然是郭璞的两倍。

石动筒歪解经典的事例有很多，比如根据佛典"考证"佛平时爱骑牛，根据《孝经》"夫子之道，天性也"，认为"天姓也"等，但最为精彩的要数他对孔子七十二弟子的"考证"。

有一天，皇家最高学府的大学者们正在讨论"孔子弟子，达者七十二人"这一问题，石动筒在一旁插嘴，问这些"资深教授"：七十二人中有多少人是童子，多少人是成人？因为经典无载，所以无人能对。但是石动筒根据《论语》的记载来了个乘法口诀——"冠者五六人（五六三十），童子六七人（六七四十二）"，三十加四十二正好是七十二之数，堪称天衣无缝。

石动筒的幽默艺术开我国大话经典之先河，如此算来，周星驰等人恐怕要拜石动筒为祖师爷了。

智慧博客

　　歪解和戏谑经典有时看似是简单嬉笑，其实需要较高的文学素养和文化底蕴，低俗的歪解只能引人耻笑，真正的经典是需要有机智的才思做基柱、幽默的能力做支撑才能铸就的。

卖弄学问的人

梅桑榆

牛学博是个特爱卖弄学问的人,无论是同学聚会、朋友宴饮,或是数人闲聊,只要有他在场,大家都只有当听众的资格,而他则要充当不知疲倦的主讲。谁要想插句话,比在玻璃板上插根针还难。他演讲的主题随缘变化,如果他对大家的谈话不感兴趣,他就设法转移话题,为自己创造卖弄学问的机会。

他主张述而不作,连一个短篇小说也没写过,但他谈起文学来,能一口气说出一大串中外作家的名字,把读书不多的小青年惊得目瞪口呆。他不但能说出许多作家的名字,而且能说出好些名著的书名,并且能背一段古文或两首唐诗、宋词,让听者佩服他惊人的记忆力,以为他简直就是《三国演义》里可以过目成诵的张松。

其实他只知道这些作家的名字和有限的几本书而已,而他肚子里的这点存货,不知已对人重复卖弄了多少遍。若是听者追问某个作家的作品好在哪里,他便会说:"你要想知道某个作家的作品好在哪里,你就去读他的书,要想知道梨子的味道,只有亲口尝一尝。"其实不是他懒得说,而是说不出什么名堂。

如果有漂亮的女士在场，他的谈兴更是像连日暴雨后的河水，高涨不退，话语如瀑布般飞流直下、永不中断，并且在滔滔不绝的演说中不时瞟一眼邻座女士，从她那佩服、惊讶的表情中得到愉悦和继续说下去的动力。如果在场的女士多于先生，他就干脆朗诵情诗，以调动女士们的情绪，活跃气氛。有时为证明自己也是个诗人，他甚至不惜把别人的诗说成是他的作品。

他不会写字，也不会画画，但他谈起书法绘画，不但能如数家珍地说出不少中外画家和古今书法家的名字，而且能说出一堆与他们有关的逸闻趣事，比如某个画家曾和某女明星有过一段情，某个书法家结过几次婚，等等。至于具体谈到某个画家或书法家的艺术造诣，他只能以他们的作品卖出了什么天价来形容。

他喜好传播小道新闻，以炫耀自己消息灵通。他总是事先做神秘状，说这件事是从高层的朋友那里听来的，目前不宜外传。在得到听者愿意保守秘密的承诺后，他才开讲，然后还要大加评论，陈述自己的观点，只侃得听者昏昏欲睡。他酷爱谈历史，就连康熙皇帝和明太祖朱元璋脸上的麻子是怎么来的，他都能说得头头是道。总之别人无论谈什么，他只要知道一点皮毛，一定要插上一嘴，以显示自己无所不知、无所不晓。

他不分场合、不分对象，只要一有卖弄的机会，就要对人家无休无止

地谈文学、谈哲学、谈政治、谈历史、谈社会、谈人生,把那些对不同人说过的老话重新说上一遍。他和两个朋友过马路,见路边坐着一个乞丐,他往乞丐面前的小铁桶里丢了一枚硬币,开始和他谈起了做人的道理,说什么人要自立自强,要活得有尊严,并说起了那个尽人皆知的"齐人不食嗟来之食"的典故。他引经据典地说个不休,直到乞丐见他们挡住了路人的视线,影响了他的乞讨,便对他说:"老板,你说这些管饿吗?你要想让我听你讲下去,请你给我10块钱。"这时,他才关上了"泄洪闸"。

他带一位朋友到餐馆吃饭,一位体态较胖的姑娘,正和一个小姐妹谈论如何减肥,见他落座,急忙拿着菜单,过来让他点菜。他不看菜单,而是和胖姑娘谈起了肥瘦与美学的关系,他从赵飞燕扯到杨玉环,又从黑格尔扯到朱光潜……那个姑娘听得一头雾水,忍不住打断他的话说:"先生,你的话我听不懂,请问你到底要点什么菜?"

他这才刹住"满嘴乱跑的火车",把目光转向菜单。

智慧博客

人们常常乐于炫耀自己的成功,沉迷于他人羡慕崇拜的眼光,在名利的诱惑中迷失了前进的路,安于眼前的享乐,而止住了奋斗的步子,丧失了更大的成果。所以,在人生的前路中所做的不应是及时行乐,而是努力充实自己、开创未来,弄虚作假只会招至别人的厌恶。

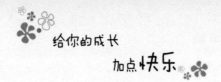
驴来了

云 弓

黔无驴,所以当地的招商引资部门经过慎重考虑,决定引进驴,消息甫出,立即在当地的舆论界引起轩然大波。

乌鸦说:驴来了!驴来了!这回是真的,大祸临头了!

虎说:听说驴是个可怕的家伙,个头儿大得吓人,说话声音洪亮,四只铁蹄威力无比。要是驴来了,我等虎辈可就要下岗了。

羊说:驴来了!它的胃口大得不得了,必将和我等争夺有限的草资源,造成生态环境的破坏,不利于本地的可持续性发展。引驴入黔,多么愚蠢的决定,简直就是给自己找麻烦嘛。

狼说:驴来了! 大家不必恐慌,虽然我们会因此损失一些肥美的羊,但驴肉可能是更可口的食品,所以,驴来了,是风险与机遇并存,我们要善于捕捉良机。

狐狸说:驴来了! 这并不完全是一件坏事。驴的到来可以打破本地长期以来马对运输业的垄断,有利于市场竞争,有利于市场的培育和发展,我们不要一味地害怕驴来了,而要做好充分的准备,与驴共舞,方显英雄本色。

马说:嘿嘿! 大家都多虑了,其实本公司已经与驴签署了合作协议,将在本地成立合资运输公司,公司的名字就叫"骡子"。

智慧博客

世界上总有无数的新事物出现,新事物不断产生和旧事物不断消亡才会有进步。但每一次新事物的出现总会引发无数的舆论,如一粒石子掉入平静的湖面激起阵阵涟漪,无论是赞同还是反对,它总有自己已经设定好的发展之路,按自己的轨道前行。

百科探秘

丘陵按照相对高度可以划分为:200米以上是高丘陵,200米以下则为低丘陵。按照坡度的陡峻程度可以划分为:大于25°的称为陡丘陵,小于25°的称为缓丘陵。

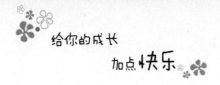

验　证

庞启帆　编译

　　自从老伴去世后,安格斯太太觉得很孤独,所以她决定去买一只小猫回来做伴。礼拜六早上,老太太就去宠物市场把小猫买了回来。随后,她马上去附近的一家杂货铺买猫食。她选好三罐猫食,然后到收银台交钱。

　　令她想不到的是,收银台小姐对她说:"很抱歉,如果您无法证明您有一只猫,我们就不能把猫食卖给您。因为最近发生了很多老年人买猫食自己吃的荒唐事,所以政府要求买猫食的人必须证明猫食是买给猫吃的。"

　　老太太只好回家去把刚买回来的猫抱来,收银员这才把猫食卖给她。

　　第二天,老太太觉得小猫自个儿太孤独,于是又去宠物

市场买了一条小狗给小猫做伴。把小狗抱回家后,她又去昨天那个杂货店买狗粮。她挑了三罐狗粮,结果收银台小姐又让她证明她有一条小狗,因为老年人有时也吃狗粮。

老太太只好又回家去把小狗抱来。收银员验证后,把狗粮卖给了她。

第三天中午,老太太拿了个盒子来到杂货店,盒盖上有个洞。她让收银员放一个手指进去摸一下,可收银员拒绝了,说:"不,你可能放了一条蛇在里面。"老太太保证里面的东西不会伤害到她。

收银员把手指伸进去,摸了摸,马上抽出来,尖叫道:"哦,这闻起来像大便!"

老太太平静地说道:"说对了。现在我可以买三卷厕纸了吗?"

智慧博客

有时候规定就像炎炎酷暑中的一盆火炉,它的存在就是荒谬的,却迫使人不得不遵守,那么,压抑已久的人们在无法改变规定的同时,将会愤愤地以别的方式进行反抗。

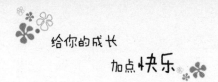

最愚蠢的抢劫

石　童

布鲁斯与贾斯汀是一对好朋友,大学毕业后,两人一直没去找工作,总想着一夜暴富、一举成名。父母对他们整日游手好闲、无所事事感到不满,停止了经济上的资助。两人坐吃山空,房东就要将他们扫地出门了。

XX牌墨水
INK

这对活宝,决定出去找点来钱快的事做。可干什么呢?找家正经的公司,一天8小时烦人;到餐厅里做服务生,又累又苦;抢银行吧,银行里有监视器,又有虎视眈眈的保安,风险太大……突然,贾斯汀一拍大腿,茅塞顿开。他一把抓住布鲁斯,禁不住叫出声来:"我们可以抢ATM机!"

银行的ATM机放在室

外,且 24 小时开着,里面一直放着数目不少的美钞。何不趁夜静更深时,打开 ATM 机外面的面板取出这些钱?

可怎样才能打开 ATM 机的面板呢?用炸药炸,爆炸声音响,更主要的是会把里面的钱给炸飞了。苦思冥想了半天,两人终于想到了一个自认为很妙很绝很有创意的主意:用汽车拉开!

布鲁斯和贾斯汀选定了一个风雨交加的夜晚,开着他们唯一值钱的、20 世纪 90 年代初产的一辆二手日本小汽车,凌晨两点半开到了银行门口的 ATM 机前。

不出所料,四周没有人,银行的大门关得紧紧的,里面黑黑的,警卫大概在里面睡大觉吧。

　　布鲁斯钻出汽车,从车后备箱里拿出铁缆绳,一头钩在 ATM 机面板的把手上,另一头钩在汽车的保险杠上。准备停当,布鲁斯不放心,又仔细检查了一遍钩子钩得是否牢靠。最后,他给车子里的贾斯汀打了个"OK"的手势,贾斯汀便踩足油门,汽车如箭一般向前冲去……

　　"哐啷!哐啷!""嘀!嘀!嘀!……"突然,两种可怕的声音同时响了起来,贾斯汀看到汽车像被人脱了裤子,整个后保险杠没有了,同时看到银行里的灯亮了,警笛声大作。

　　恐怖的警笛声响彻半个街区。布鲁斯吓得魂飞魄散,来不及多想,飞快冲向车子,打开车门,就蹿进去。车子东摇西晃,跌跌撞撞地驶离了现场。

　　留在现场的那台 ATM 机面板的把手上还钩着铁缆绳的钩子,铁缆绳没有断,绳子的另一头钩着汽车的整个后保险杠。汽车的牌照还嵌在保险杠上,在灯光下亮晶晶地闪着光,特别醒目,一点儿也没有破损。

智慧博客

　　现实总是公平的,在你妄图不经耕耘播种就收获灿烂的秋天时,你往往会失去手中所剩的唯一财富,得不偿失。因此,取得成功的唯一捷径就是辛勤劳作,只有在劳作中结出的果实才是最美味甘甜的。

古代的"粉丝"

张巍然

现在称追星族为"fans",这个单词,来自于拉丁文 fanatics,意思是"对神的崇拜所导致的疯狂"。台湾作家余光中说,fans 译成"粉丝"很贴切,因为"丝"体现了群体性。倘若只有四五十人,那就不成为"粉丝"。同样是仰慕,"知音"只能是少数,而"粉丝"却必须是多数。

唐朝是个非常活跃开放的时期,好像就是从那个时候开始,追星族们闪亮登场了。

一个名叫魏万的年轻人为了一睹诗仙李白的风采,从河南济源的王屋山下开始,锲而不舍地追踪李白的踪迹。历时半年,跋涉三千里,终于在扬州风尘仆仆地追上了李白。

杜甫也有追星族,这其中就包括重量级诗人张籍。迷信吃什么补什么,是古人相当单纯的想法,张籍也不例外,不过他做得有点过头了。他崇拜杜甫的诗歌才华,拿了一册杜甫的诗,焚烧成灰烬后,又加入膏蜜,像喝补药一样,每顿必饮,并且还发下誓言:"喝下他的诗啊,让我的肝肠从此改换!"

贾岛也是位苦命诗人,但他身后不乏众多追慕者,其中最有名的

有两位，一位是晚唐诗人李洞。李洞"酷慕贾岛"，把贾岛当做神一样崇拜，不仅把贾岛的像刻在铜片上，戴在头巾中，而且手中还常持一串念珠，每天念一千遍，为贾岛念佛，从不间断。一旦他听说有人喜欢贾岛，一定非常高兴地亲手抄录贾岛的诗相赠，还叮咛再三："此无异佛经，归焚香拜之。"

后来还有一位，是南唐的孙晟，孙晟年轻的时候在庐山简寂宫里当道士，把贾岛的像挂在壁

上早晚朝拜，他这种个人崇拜，大概是过于另类和招摇，搞得简寂宫里的道士们很看不惯，拿木板将他打了一顿，赶出去了，孙晟干脆穿上儒生的衣服，投身仕途，后来还当上了大官。

以上的追星族都比不上白居易的追星族疯狂。

荆州有一名叫葛清的街卒。狂热迷恋白居易的诗歌，"自颈以下遍刺白居易舍人诗，凡三十余处"，而且背上也刻上白居易诗句，还配了图画，图文并茂，达到体无完肤的程度，人称"白舍人行诗图"，"若人问之，悉能反手指其去处，沾沾自喜"。

不过白居易也不是吹牛。连唐宣宗都写诗称赞他："童子解吟长恨歌，胡儿能唱琵琶篇。"他的《长恨歌》当时还流传到了日本，受到日本上自天皇下至平民百姓的普遍喜爱。

白居易受到如此广泛的崇拜，他自己并不认为"天下第一"了，说起来，他也算是李商隐的追星族。据《唐才子传》记载，白居易晚年退休在家，很喜欢李商隐的诗文，他常说："我死之后，来世能做李商隐的儿子就知足了！"白居易仙逝后几年，李商隐果然得了一个儿子，他

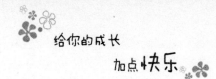
也不客气,干脆给这个儿子取了一个名字,叫"白老"。可惜此儿智商不高,长大以后,更是没有半点诗人气质。温庭筠就跟这个愚钝的小子开玩笑:"让你做白居易的后身,不是辱没了他吗?"

如果说白居易是唐人心中的文学偶像,那么苏轼无疑是宋朝的著名品牌,堪称时尚领军人物。苏东坡的诗文影响之大,以至于他的生活态度或者生活情趣,都被人视为经典加以模仿。比如说他创造或仿制的几道美食,被人称为"东坡肉"、"东坡饼"、"东坡鱼",一直流传到今天。

苏轼在杭州任职时,一天与朋友在西湖喝酒。有一位年过30的女子追慕苏轼,竟置公婆的责怪于不顾,乘彩船来访苏轼,为他弹筝一曲,并向他求词。

后来苏轼由贬谪之地海南返回,天气非常炎热,苏轼披着短袖衣,坐在船上,运河两边成千上万的人慕名跟随观看。苏东坡见此情景,对船上的客人开玩笑说:"这许多人可不要看杀了我苏轼。"

智慧博客

名人偶像的魅力有着亘古不变的力量,他们独特的风采吸引了一批又一批的人们倾慕追随,但是,仅仅将偶像做为仰慕的对象是不够的,要将偶像做为人生的参照榜样,在他们成功的激励下创造自己的人生。

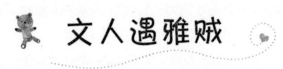

文人遇雅贼

刘继兴

苏州有个老儒生叫沈文卿，家里很贫寒。一天，他专心读书至半夜，忽而瞥见有个小偷进屋偷东西，又没偷到什么，暗自觉得可笑，就慢吞吞招呼道："承蒙光临，送你一首诗怎么样？"于是即兴拈来朗声道："风寒月黑夜迢迢，辜负劳心此一遭。只有破书三五册，也堪将去教儿曹。"小偷听了，苦笑着离去。

唐人李涉很有才学，人称"李博士"。有一回他出远门，路上遇到一伙强盗。强盗问他是谁，他说自己是李涉，但强盗怎么也不相信，

说："人家都说李涉博士会作诗，你若真是，马上作一首诗来。"李涉思索片刻，作诗一首："春雨潇潇江上村，绿林豪客夜知闻。他时不用相回避，世上如今半是君。"

"世上如今半是君"显然别有所指,说的应该是那些不蒙"盗贼"之名,所为却比"盗贼"更甚的人。盗贼们得此诗,如获至宝,不仅没有为难李涉,还以牛肉美酒馈赠,弯腰揖拜送李涉上路。

到了明代,又有一个秀才遇上小偷,这也是个穷秀才。这天,秀才在私塾给学生上完课,回到家徒四壁的家中。饥肠辘辘的他想做饭,揭开米缸,发现只有几粒米躺在缸底,秀才只好小心翼翼地将那几粒米放到瓦瓯里煮。

当他捧起那清如西湖水一般的一瓯粥想喝时,鼻子呼出的气将瓦瓯里漂浮着的几粒米吹得上下翻腾。此时,秀才诗性大发,便顺口吟了两句:"数粒熬成粥一瓯,鼻风吹起浪悠悠。"可是吟来吟去,怎么也接不下去了。正当他捧着那瓯粥在破屋里踱来踱去想下句的时候,在他家已潜伏多时的小偷实在忍不住了,脱口而出,给秀才续上了后两句:"分明一派西湖景,只欠渔翁一钓钩。"

秀才一听连声称赞:"好句,好句。"

智慧博客

中国文学博大精深,生活中无处不绽放其魅力光彩折服世人,有时即使是以偷窃为目的的小偷与胸怀锦绣的文人相遇,也会碰撞出意想不到的文辞光彩。

我要笑遍世界

[美]奥格·曼狄诺

我要笑遍世界。

只有人类才会笑。树木受伤时也会流"血",禽兽也会因痛苦和饥饿而哭嚎哀鸣,然而,只有我才具备笑的天赋,可以随时开怀大笑。从今往后,我要培养笑的习惯。

笑有助于消化,笑能减轻压力,笑是长寿的秘方。现在我终于掌握了它。

我笑自己,因为自视甚高的人往往显得滑稽。千万不能跌进这个精神陷阱。虽说我是造物主最伟大的奇迹,我不也是沧海一粟吗? 我真的知道自己从哪里来,到哪里去吗? 我现在所关心的事情,10 年后看来,不会显得愚蠢吗? 为什么我要让现在发生的微不足道的琐事烦扰我? 在这漫漫的历史长河中,能留下多少日落的记忆呢?

我要笑遍世界。

当我受到别人的冒犯时,当我遇到不如意的事情时,我只会流泪诅咒,却怎么笑得出来? 有一句至理名言,我要反复练习,直到它们深入我的骨髓,出口成章,让我永远保持良好的心境。这句话,传自远古

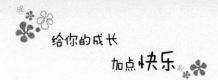

时代,他们将陪我渡过难关,使我的生活保持平衡。这句至理名言就是:这一切都会过去。

我要笑遍世界。

世上种种到头来都会成为过去。心力衰竭时,我安慰自己,这一切都会过去;当我因成功扬扬得意时,我提醒自己,这一切都会过去;穷困潦倒时,我告诉自己,这一切都会过去;腰缠万贯时,我也告诉自己,这一切都会过去。是的,昔日修建金字塔的人早已作古,埋在冰冷的石头下面,而金字塔有朝一日,也会被埋在沙土下面。如果世上种种终必成空,我又为何对今天的得失斤斤计较?

我要笑遍世界。

我要用笑声点缀今天,我要用歌声照亮黑夜。我不再苦苦寻觅快乐,我要在繁忙的工作中忘记悲伤。我要享受今天的快乐,它不像粮

食可以储藏，更不似美酒越陈越香。我不是为将来快乐而活。今天播种今天收获。

我要笑遍世界。

笑声中，一切都显露本色。我笑自己的失败，它们将化为梦的云彩；我笑自己的成功，他们回复本来面目；我笑邪恶，它们远我而去；我笑善良，它们发扬光大。我要用我的笑容感染别人，虽然我的目的自私，但这确是成功之道，因为皱起的眉头会让顾客弃我而去。

我要笑遍世界。

从今往后，我只因幸福而落泪，因为悲伤、悔恨、挫折的泪水在商场上毫无价值，只有微笑可以换来财富，善言可以建起一座城堡。

我不再允许自己因为变得重要、聪明、体面、强大而忘记如何嘲笑自己和周围的一切。在这一点上，我要永远像小孩一样，因为只有做回小孩子，我才能尊敬别人，尊敬别人，我才不会自以为是。

我要笑遍世界。

只要我能笑，就永远不会贫穷。这也是天赋，我不再浪费它，只有

给你的成长

加点**快乐**

在笑声和欢乐中,我才能真正体会到成功的滋味,只有在笑声和快乐中,我才能享受到劳动的果实。如果不是这样的话,我会失败,因为快乐是提味的美酒佳酿。要想享受成功,必须先有快乐,而笑声便是那伴娘。

我要快乐。

我要成功。

智慧博客

人生中的苦难与痛苦多如夜空中的点点繁星,无法避免,要学会笑着面对。因为,严寒的冬天终会被满园春色所代替,密布的荆棘后面就是鲜花铺路的光明大道,暴风雨后就是绚丽的彩虹,所以,何不微笑面对。

格陵兰岛是世界上最大的岛屿,其面积达217.56万平方千米。马来群岛是世界上最大的群岛,它位于亚洲东南部太平洋与印度洋之间辽阔的海域。

快乐扫地 30 年，剑桥清洁工成硕士

望 月

2009 年 6 月 14 日，英国《都市报》报道了这样一则新闻，现年 52 岁的英国清洁工艾伦将与美国首富比尔·盖茨一同获得英国剑桥大学荣誉文学硕士学位。这在英国引起了不小的轰动。要知道剑桥大学的荣誉学位向来都是颁给伟大学者或其他名人的，这位被剑桥校方称赞为"贡献卓越"的清洁工凭借什么得到了这个数载难逢的荣誉呢？

快乐清洁工

1977 年，20 岁的艾伦从谢菲尔德大学历史系毕业后，从家乡约克郡搬到剑桥市，起初，他打算成为一名教师，但他的梦想没能实现。

一次，艾伦和一个清洁工闲聊，得知艾伦找不到工作后，清洁工建议："为什么你不跟我们一起工作呢？"就这样，艾伦得到了一份清洁工的工作，每天早上 6 点在市议会厅外打扫卫生。

艾伦很珍惜这份来之不易的工作，他每天早上从捡垃圾开始，还常常跟同事团体出动，给道路排水，清扫厕所或者擦掉涂鸦。渐渐地，

艾伦喜欢上了剑桥市:剑桥因剑桥大学而闻名,小城中保存了许多中世纪的建筑,与其他英国城市有着一样的繁荣和现代气息,但是田园风光仍旧是这里的典型景色。

艾伦很喜欢在劳动时一展歌喉,他的歌声还感染了过往的行人:"你是我看到过的最乐观的清洁工!"在艾伦的带动下,同事们开始用歌声来改善枯燥乏味的工作,没想到,这竟成了剑桥市的一道风景。

后来,来来往往的人都会跟艾伦打招呼。更多的时候,他陶醉在帮助别人的满足感中。有时碰上红绿灯出现故障,艾伦会当起临时交通指挥员,有时他还去学校跟孩子们讲垃圾处理的知识。

由于艾伦的优异表现,他被安排负责剑桥大学行政楼周围的清洁工作,这让艾伦兴奋不已:虽然不能当老师,但是能到剑桥大学打扫卫生也是一件不错的事。有一次,行政大楼正举行毕业典礼,艾伦看着身穿长袍的毕业生进进出出,那一刻,他幻想自己也能站在台上。然而现实让艾伦意识到,他能做的也只是典礼过后的清洁工作。

艾伦以前读的是历史专业,剑桥大学的古典建筑深深吸引了他,他空闲时要么到学校的图书馆查找每栋建筑的历史,要么就请教学院里的教授。教授知道他是一名清洁工人后高兴地说:"你是我见过的最特别的学生,你可以随时来找我。"

后来,艾伦发现只要自己愿意,学校的教授、计算机专家、技术牛人和商店的工人

都愿意告诉他一些关于这个城市的故事。有一次，艾伦同一个乞丐讨论起剑桥的发展"大事"来，艾伦当天晚上整理了两人的对话，然后邮寄给当地的一个媒体，竟然刊载了。报社主编还表示可以给艾伦开辟专栏：在他扫大街的时候，通过和社会各阶层的人聊天，以各种视角来观察这个小城。

最牛导游

　　然而生活是残酷的，艾伦必须起早贪黑地工作，为了买房子，他不得不谋求兼职增加收入。一次扫街时，一个外地人向艾伦打听如何去安格利亚·拉斯金大学，艾伦怕外地人走错方向就亲自带路。一路上，艾伦对拉斯金大学的历史侃侃而谈，外地人被他的热情所打动，最后还给了他20英镑小费，并建议他报考蓝章导游。

　　当天晚上，艾伦在网络上了解了蓝章导游的一些情况，热爱历史的艾伦激发起了当导游的兴趣，经过整个冬天的夜校培训，艾伦获得了做蓝章导游的资格。

　　艾伦带着外国游客参观大学时，最喜欢把他们往著名的建筑领，但是他发现：这里只是他们短暂的一站，很多介绍对他们来说只是过眼云烟。于是，艾伦改变了主意：他要专门给当地人做导游。剑桥市有10万居民，但他们对这座古老城市的悠久历史知之甚少，他可以带

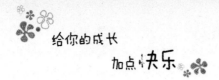

着人们去欣赏身边的建筑物和公园。

　　让艾伦惊喜的是，他发现扫大街和兼职当导游两个职业还可以互相促进。有一天，艾伦在扫大街的时候发现了一个奇特的下水道井盖，他仔细辨认，发现这个井盖竟然已经有两百年历史。他用一个月的时间，找到了 23 个不同历史时期的下水道井盖，通过这些井盖向市民讲述了剑桥市发展的轨迹，也让当地市民以一种独特的视角关注这座城市的发展。

　　2003 年 7 月，美国时任总统布什访问英国，剑桥大学作为其中重要的一站，校方准备聘请一位精通历史的教授或者学生做讲解员，有人向院方推荐了艾伦。"他可是一个扫大街的啊！"尽管有人反对，学校的委员会还是决定聘请艾伦。

　　学校的决定是正确的。当天，艾伦的精彩讲解获得了所有人员的好评，布什握着艾伦的手称赞："你是我见到过的最出色的讲解员，你让我对剑桥大学有了一个立体的了解，我为剑桥有你这样的员工而感到高兴。"艾伦笑而不语。但第二天的报道还是捅了娄子：新闻报道了艾伦的清洁工身份。布什亲自打电话给艾伦，艾伦平静地说："不管你是总统，还是平民，在我的眼中，我要做的就是把这座城市的过去和现在讲述给你听。"

　　一时间，艾伦成了媒体追逐的对象，剑桥市政府授予艾伦"杰出的城市形象宣传员"称号，一所学院还决定破格录用艾伦做历史老师。他却犹豫了：他已经喜欢上了扫大街的自由生活。同时，艾伦觉得用业余时间研究历史，然后讲述给市民听，两者价值是一样的，他回绝了学院的邀请。此外，当地民俗博物馆也向艾伦抛出了橄榄枝，在博物馆主席的选举上,艾伦以 90% 的支持率当选,主席的身份让艾伦研究起剑桥的历史更是如鱼得水,他花了一年的时间建立起了剑桥的地方志。

剑桥破格录取

尽管艾伦出了名,但他还是喜欢在扫大街时来发现这座城市,他的周围形成了一个以发现剑桥历史遗迹为乐趣的团队。

2008 年 4 月,在艾伦的组织下,剑桥大学举办了以"爱这座城市"为题材的历史遗迹图片展览,通过一组组鲜活的图片,市民们惊呼不已:我们的城市竟然这么有文化内涵。

2009 年 6 月 4 日,艾伦收到了一封来自剑桥大学的信:"艾伦,非常荣幸地告诉你,你被我校授予荣誉文学硕士学位,7 月 18 日,副校长将会亲自为你撩起硕士帽前的蓝色流苏。"

艾伦惊呆了,剑桥大学授予荣誉学位的传统已延续了五百多年,荣誉硕士学位是剑桥大学的最高荣誉,是奖励对剑桥和剑桥大学做过出色服务的人。而且荣誉硕士学位已经很多年没出现了,如果这是真的,他将和相对论之父爱因斯坦、诺贝尔和平奖得主特里萨修女、南非首位黑人总统曼德拉,以及理论物理学家霍金、中国作家金庸等世界名人平起平坐。

这会不会是恶作剧?艾伦打电话到剑桥大学询问,学校公共传播部的副总监霍尔特肯定地表示:"这是真的! 你每天早上都会出现,所有的人都认识你,你工作热情,热爱剑桥,是我们这里非常出色的清

洁工、导游和历史学家,学校委员会的成员提名你,有95%的大学委员支持你,我们还有什么理由不授予你这样优秀的市民呢?"

然而第二天,艾伦还是像往常一样拿着扫把出现在剑桥的大街上。他惊讶地发现,不少市民已经专程等候在大街边,对他表示祝贺。艾伦平静地说:"这只是个荣誉,是对我做的工作和环保活动的认可,就像得到了公众的一个热情的拥抱那样令我心满意足。"

对于艾伦的成功,英国《泰晤士报》评论说:这是一个伟大的平凡人的传奇,如果没有对工作的热情和对剑桥这座城市特殊的情愫是不可能完成的。英国的现任首相布朗得知艾伦的事迹之后,也表示艾伦是一位杰出的城市形象宣传员,被剑桥大学授予荣誉硕士学位,是其30年的付出理所应得的回报。

艾伦被授予了剑桥荣誉硕士学位后,还会不会继续扫大街?还会不会向市民讲述这座城市的传奇过去和精彩的现在?

就在人们纷纷猜测的时候,面对记者的采访,艾伦斩钉截铁地表示:"我很乐意做一个快乐的垃圾工,我更喜欢和市民分享这座城市,我要用我的方式让大家爱上这座城市。"

智慧博客

生活,就是即使身陷囹圄,也应笑着望向天空;生活,就是微笑的面对苦难,越过困境注视未来;生活,就是在困惑和黑暗中,心灵深处也要燃烧着明亮的微笑的灯盏。

一只特立独行的猫

凉月满天

　　以前的时候，家里养狗养猫。狗是小腊肠，猫是小长毛。每到吃饭时，我往桌边一坐，猫就很长眼色地一跳，跳到我腿上，然后两肘平放支在桌沿，耳朵竖得像俩小碗，俩大眼灯泡似的，随着我夹菜的动作，从盘边到嘴边，再从嘴边到盘边，看得我食不下咽。狗腿矮身矬，蹲在脚边，一会儿"汪"一声，俩小眼水雾漫漶，好像下一刻就要哭出来。无奈我只好喂喂猫，喂喂狗，喂喂我；喂喂狗，喂喂猫，再喂喂我。

　　后来狗送给了我婆婆。狗在的时候，猫狗内讧，大战搞得轰轰烈烈，一个追一个跑，三室两厅全转到。现在狗走了，猫每天蜷在床头，把屁股对着我。

　　后来也就渐渐淡忘了小友，且猫的待遇直线飙升。以前我吃白菜，它跟着我吃白菜；我吃粉条，它跟着我吃粉条；我吃面它也不提反对意见。现在为了哄它高兴，我吃菜，它吃肉；我吃肉，它吃火腿；我吃火腿，它吃鸡；我吃鸡，它吃鱼。这些都吃腻了，还要吃点蛋糕做零嘴儿。每每外出吃饭，看见炸黄花鱼，炖鸡块，我就会眼冒绿光："好诱人！"

　　那一刻我绝对是被我家的猫附体了。

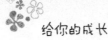
有时我还会厚着脸皮要求打包，专要骨头骨脑，不停不好意思地讲："我家有猫。"小服务员眼如秋水面如桃，抿着小红嘴一笑，把所有的肉都划拉进去，包一个大大的袋子给我。搞得现在我每每企图拿素食招待它，它就高踞在金字塔的顶端，孤独而高傲地饥饿着，然后磨爪霍霍——我家的皮面沙发已经被它挠得爪痕累累了，同样爪痕累累的还有我的手、脚、肚皮和胳膊。

爱看它的睡颜，它睡着时把自己团得像田螺姑娘住的田螺房，一个标准的球状，还有黄白相间的花纹，绵长的呼吸平稳、安恬。刚醒过来大眼睛无比缓慢地开合，"刮扎"一下，又"刮扎"一下，再打个呵欠，伸伸懒腰，长毛凌乱地在床上摊作一堆，好像一团长眼睛的抹布。我伸一个指头逗它，抹布复活，逮住猛咬，只恨不能把我整个拳头塞进它的小嘴——我调戏不成，反被它调戏了。

老公把狗带回来的时候，猫正跟我抢蛋糕。奓眼抿耳，吃得呼噜呼噜的，享受极了，突然就耳朵啪一竖，毛发耸立，一溜小跑钻我怀里了。过一会儿，狗的叫声穿透铁门。门一开，这家伙跟小流氓似的一头往里撞，猫发怒呲牙，嘴巴张得老大，发出呼呼哈哈的声音来恐吓——它们已经互不认识了。真伤感。

我要出门，走的时候它正在

发情，鼻头变得粉红，大眼睛水汪汪，喉咙里发出一连串咕噜噜咕噜噜的声响。尾巴是一杆倒拖的旗，又喜爱钻人怀里撒娇，又爱猛然间抬头"喵嗷嗷嗷"地高叫，一边叫一边寻找，可是在这四处铁栏杆的房子里，真命天子在哪呢？

我也想它当妈妈，可一团滚滚跌跌的小毛球，我的家里盛不下；我又想放它于户外，可又对它脏兮兮不保朝夕的野猫模样无法忍受；我又想给它做结扎，可一想起它挨刀，自己的心先疼得一抽一抽的。

几天后回来，发现小东西发情期过了，可是变得很瘦。我的姑娘说："妈妈，你走后，猫不肯吃饭，也不在床上睡觉。""那在哪儿啊？""它就在厕所的拖把上蹲着，还把屁股冲着门口。"我心里一热，转身要抱，没想它先抱住我一条胳膊，然后尖牙揪起一小块肉拼命咬，还把两条后腿死命一蹬，仿佛兔子蹬鹰，而后跳下，尾巴高高翘起，走了。

养得多，投入多，我发现自己被异化了：要不就是我把它当成一个披了猫皮的人，要不就是我把自己当成一只披着人皮的猫。我喜欢它，爱它的敏感、孤独，敬它的清高、骄傲、特立独行、趾高气扬而不胁肩谄笑——我企图驯养它的结果，是它把我驯养了。喵了个咪的。

智慧博客

生活中人们总想按自己的想法改变一些人和事，但最终多以被同化或包容结尾。因为，每一种存在都有其自身的独特魅力，这是现实，所以，在试图改变他人时不妨先学会包容。

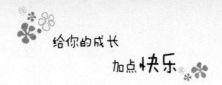

有一种智慧
让你活得更好

[西班牙]费尔南多·萨瓦特尔

阿玛多尔，我常常有好多话想说给你听，但我始终都是一忍再忍，告诉自己要保持冷静，因为我明白，孩子们的耐心是有限度的，而且我也不想再遇到我的一个加利西亚朋友这样的经历：

有一天，他跟他5岁的小儿子，安静地坐在岸边看海。突然，小鼻涕孩儿满怀梦想地说："爸爸，我想跟你和妈妈一起出海，开条小船在水上散步。"我这位多情善感的朋友心里一动，哽咽道："没问题，儿子，你想去我们就去！""到了深海，"可爱的小家伙儿望着远处的大海，继续他的幻想，"我就把你们两个扔进水里淹死。"刚才还被感动得险些"稀里哗啦"的父亲，心里一阵剧痛："哎，儿子，你怎么会这么想？""当然啦，爸爸，你不觉得你跟妈妈给我喂了太多'罐头'吗？"这是我的第一个教训。

如果一个5岁的小孩子都能想到这一点，我猜，像你这样一个15岁的小伙子，在这方面的体会就更加深刻了，所以我可不想干什么傻事，逼着你去弑父，就像有些在外人眼里看上去显得异常和谐的家庭里发生的那样。另一方面，我从来都很讨厌父母们试图"做儿女们最好的朋友",孩子与他同龄的伙伴交朋友,是天经地义的事,跟父母、老师和别的成年人在一起,顶多也就是相处愉快,其实能做到这一点已经很不错了。

所以,我只好把时常想到的、但又不知如何说或是不敢跟你说的事情写下来。如果儿子满心欢喜地冲到电视机前,去享受属于他的"自由时间",想在这个时候给他制造哲学麻烦的爸爸,就理应看到一张拉长的脸。但一本书就不同了,不仅可以想看就看,而且拿起放下也不用有任何尊敬的表示:你可以打着呵欠哗啦哗啦一页页地翻过,可以喜笑颜开,可以痛苦不堪,还可以面无表情……一句话,你可以一切自由。由于我要跟你说的东西,正好大部分都有关自由,所以比起说教,阅读也要来得更为合适。不过,你至少还是应给我点面子,拿出一点点注意力和一些耐心,尤其在读前几章的时候。我明白,这些东西对你来说确实难了点,但我不想让你省下一步一步努力思考的过程,也不想当你是个小笨蛋——我

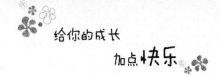

从来都认为：如果把对方当成笨蛋来对待的话，即使他本来不是，很快也会是了。不知道你同不同意？

几年前，你给我讲了一个你做过的梦。在一片漆黑的原野，好像是深夜，天空中刮着可怕的大风。你紧紧抓住树和石头，但飓风还是把你卷走了，就像对待《绿野仙踪》里的那个小女孩一样。当你在风里瑟瑟发抖、即将被吹到陌生的地方时，突然听见我的声音在你头顶反复回荡："要有信心！要有信心！"你想象不出你所做的这个奇怪的噩梦，对我来说是一个多么珍贵的礼物——那个下午，当你说我的声音给你鼓励的时候，哪怕可以活上一千年，也无法偿付我心中的那份自豪感。

好了，我在接下来的书页中告诉你的一切，都将不过是这句忠告一遍遍的再重复：要有信心。当然不是对我，也不是对任何圣人；不是对市长、警察，也不是对上帝或魔鬼；不是对机器，也不是对旗帜——要相信有一种智慧能使你比现在活得更好，相信有一种本能能使你赢得爱的幸福陪伴。

智慧博客

　　幸福快乐和苦难痛苦像双子星座，与人生相伴相随。人生中的苦难和痛苦总是无法避免的，因此就要珍藏每一份快乐和幸福，它们是天使的礼物，支撑人们战胜苦难，走向美好的未来。

致"娱乐主编"的一封信

温献伟

尊敬的娱乐主编：

您好！怀着十二分的景仰，我向你们致敬。

就在前段时间，一位笑星去世了，你们心怀悲痛，迎着板儿砖，不畏辛劳，慷慨无私地接连曝料：笑星情变史、笑星遗产谜团、圈内派系纷争……笑星走了，你们忙了：忙着版面的阅读率，忙着报纸的发行量，忙着猜想逝者的真正死因，忙着"挤干"逝者身上仅剩的一点点隐私。

尊敬的娱乐主编们，在你们夜以继日、废寝忘食的努力下，娱乐事业空前火爆。在你们的爱岗敬业、身体力行之下，"娱乐至死"得到了最完美的诠释和注解。

只是，尊敬的娱乐主编，娱乐永远都是一个时尚事业。你们的"赶超快上"，让"娱乐至死"这样的流行叫法，都已经显得不再新鲜。据说，在你们其中一些人的理念中，已经存在这样一个"娱乐原则"：爆炒活着的明星，挖掘死去的明星，盯紧还没有死的明星。让人咂舌之余，实在让人暗生佩服。因为第三条，就显示出你们高瞻远瞩的宏阔视野以及超一流的眼光和思路。甚至你们中有人还曾透露:他们搜集了某位天王级歌手的所有生平资料,争取将来出一个特大号外,现在,只等这位天王级歌手蹬腿儿死了。

尊敬的娱乐主编们,你们匠心独具、默默耕耘,我由衷地向你们表示敬意。

不过,成绩面前,你们千万不要居功自傲。娱乐圈内瞬息万变,"躺在功劳簿上睡大觉",只能贻误娱乐战机。你们一定要时时找差距,刻刻查不足,居安思危,迎难而上。譬如你们的报道标题,经常出现大大的"问号"——"×××和××情变?""×××离婚了?""××是×××的私生子?"等等,这就不符合新闻的基本规律。其实,克服这样的"人云亦云"并不困难,只要你们能调查取证,在此基础上大挖深掘,而后旁征博引,最后再加上你们的猜想智慧,我相信,一定可以石破天惊,做强做大你们的独家新闻!

什么什么?您说您的"狗仔"不够多?视角不够广阔?此言差矣。如今,娱乐已经进入了竞争与合作时代,传媒以及网络的发达让资源瞬间共享,足不出户便可炮制独家娱乐新闻。譬如说某条新闻,你们可"断章取义",可"抽段肢解",可"再寻卖点",可"冷饭新炒",只要功夫深,娱乐磨成"真",改头换面,嫁接栽培,何愁独家娱乐新闻不横空而出?!

尊敬的娱乐主编们,总之,你们的事业是光荣的,也是艰巨的;娱乐市场是广阔的,也是需要你们慧眼发现的。你们一定要戒骄戒躁、同心同德、互通有无、携手共进。我无比坚信,在各位娱乐主编的共同努力下,在各位娱乐主编的取长补短下,"爆炒活者、挖掘死者、盯紧未死者"的娱乐事业,一定能取得全面的、辉煌的胜利!

编安!

你们忠实的读者

智慧博客

现在的娱乐事业中,为利益而生的虚假泥沼正蚕食着所剩无几的真实净土,虚假炮制的消息漫天分撒,还美其名曰为满足大众需求,这些被利益遮住双眼的人们,将原本清澈的湖水搅动得泥沙漫卷、浑浊不堪。

百科探秘

陆地与海洋的分界线就是海岸线,它通常指涨潮时高潮所到达的界线。海岸线可分为岛屿岸线和大陆岸线,它并不是一条线。

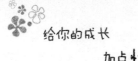

面 试

宋绍武

去年从师大毕业后,侄子一直没找到合适的工作。一天,亲戚打电话说县电视台要招录一名记者。侄子突击复习了报考资料,竟接到了面试通知。

面试现场安排在电视台大厅,由宣传部罗副部长亲自主持。除台长外,还特邀县一中特级语文教师作点评。侄子已经历过多次面试,堪称"小面霸"。轮到他上台时,尽显从容。放完一段录像,简单作了介绍,主管问:"这段县领导活动你如何作现场报道?"

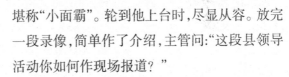

侄子略为一顿, 拿起话筒道:"昨天, 管农业的王县长驱车 40 千米到达邻县,主要陪同人员也同程抵达。冒着霏霏细雨,王县长考察了经济开发区和农村发展示范项目,随后双方领导就开展板栗保鲜等项目的技术交流和合作达成了广泛的共识……"罗副部长颔首

叫停,露出微笑,其他人也频频点头。

随后又回放了一段录像,主管要求作模拟报道。侄子调整思路后,跟上了场景:"今天是大年初一,但人们不按规定燃放鞭炮,致使服装市场连烧了5间店铺。管安全的郭县长第一时间赶赴现场,指挥救火。由于公安、消防等部门节日实行了联动,才没酿成更为严重的后果。目前,调查起因、清理现场等工作正在有序展开。"现场一片惊叹。

最后"报道"惠农政策落实情况。侄子拿着一张小卡片,像模像样地说:"凭我手里这张卡,曙光村的罗大爷购买家电时就可以享受13%的价格优惠,更让罗大爷乐得合不拢嘴的是,今年的粮食直补已经提前发放到位。"

罗副部长和其他人悄声交换了意见,显得很满意。主管问:"从应聘材料看,你不是新闻科班出身,但采访的感觉很好,你是怎么快速进入角色的?"侄子不好意思地说:"也没什么,考前我坚持看了半个月的电视新闻……"

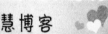

智慧博客

　　成功不是一蹴而就的,它需要不懈的努力和经验的积累做基石,以敏锐的视角发现并利用对自己有利的前人经验,将其吸取总结为自己的资本,这样才能赢得机遇女神的青睐。

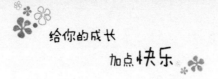

棋高一着

张维超

　　一家幼儿英语辅导班要聘请一名教师,应聘的有二十多人。辅导班负责人高军一番面试下来,就剩三个人了,都挺不错的。高军难以取舍,只好想了个办法,对三个人来一次现场测试。高军把甲、乙、丙三人喊来,让他们各自从班里挑选一名学生,每人用 10 分钟的时间,谁培养的学生最出色,这个饭碗就是谁的。

　　甲、乙、丙三人走进教室,都挑选了自己认为最聪明的孩子,然后来到指定的房间,开始对孩子进行"快速培养"。

　　5 分钟后,甲培养的那个孩子哭着走了出来,她一边抹泪,一边说:"老师太可怕了,我不要这样的老师。"

　　很显然,甲被淘汰了。

　　乙和丙都熬过了 10分钟,带着各自培养的孩子来到了高军的面前。首先,乙培养的孩子开始自我展

示了，她唱了一首英文歌曲，歌曲很长，难度也很大，可孩子唱得很好……高军都情不自禁地鼓起掌来。

毫无疑问，乙是一名优秀的幼儿英语教师。可她是怎么做到的呢？正在这时，孩子跑回了那个房间，出来时提着好多玩具，高兴地说："哈，这些玩具都是我的了！"

高军不禁皱了一下眉头，一首歌曲要这么多玩具做诱饵，不可取。

接下来该丙培养的孩子上场了。这孩子才四岁，一上来，就先来了一段少儿芭蕾，然后即兴发挥，用英语来了一段演讲……高军在一旁仔细地听着，嘴巴越张越大，最后一跃而起，高呼道："天才，简直是天才！"

短短10分钟，就取得了这么好的成绩，简直不可思议。高军激动地握住丙的手，结结巴巴地说："您造就了一个神童，快说说，您是怎么做到的？"

丙挣脱被握得生疼的手，说："在教这些之前，我就对孩子说了一句话——'小朋友，只要你把这些学会了，以后就再也不用上英语辅导班了。'"

智慧博客

自由是人生最珍贵的财富，给他人以威逼利诱，不如还人们以自由，抓住在欲望和要求遮掩下的那颗渴望自由的心，满足人们对自由的最终追求，人们就会尽最大努力给予回报。

图书在版编目(CIP)数据

给你的成长加点快乐 / 崔钟雷主编.—长春：吉
林美术出版社，2011.3
（小学生成长加油站）
ISBN 978-7-5386-5323-6

Ⅰ．①给…　Ⅱ．①崔…　Ⅲ．①故事 – 作品集 – 世界
Ⅳ．①I18

中国版本图书馆 CIP 数据核字（2011）第 035498 号

书　　名：给你的成长加点快乐

策　　划　钟　雷
主　　编　崔钟雷
副 主 编　刘亚男　刘璐妮
出 版 人　石志刚
责任编辑　栾　云
装帧设计　稻草人工作室
开　　本　880mm×1230mm　1/32
字　　数　120 千字
印　　张　8
印　　数　1–6000 册
版　　次　2011 年 3 月第 1 版
印　　次　2011 年 3 月第 1 次印刷

出　　版　吉林出版集团
　　　　　吉林美术出版社
发　　行　吉林美术出版社图书经理部
地　　址　长春市人民大街 4646 号
　　　　　邮编：130021
电　　话　图书经理部：0431-86037896
网　　址　www.jlmspress.com
印　　刷　黑龙江省文化印刷厂

ISBN 978-7-5386--5323-6　　定价：19.90 元

敬 启

　　本书的编选参阅了一些报刊和著作,由于多种原因我们未能与部分入选文章作者(或译者)取得联系,在此深表歉意。敬请原作者(或译者)见到本书后,及时与我们联系,我们将按国家有关规定支付稿酬并赠送样书。

联系方式

公司名称:黑龙江省同源文化发展有限公司

地　　址:黑龙江省哈尔滨市香坊区汉水路 110 号

邮　　编:150090

联 系 人:吴晶

电　　话:0451-55174988

编委会